阳光文库

得物

大枪 —— 著

黄河出版传媒集团
阳光出版社

图书在版编目（CIP）数据

得物 / 大枪著. -- 银川 : 阳光出版社, 2024. 7.
(阳光文库). -- ISBN 978-7-5525-7390-9

Ⅰ. I227

中国国家版本馆CIP数据核字第202490RN54号

阳光文库　得物　　　　　　　　　　　　　大枪　著

责任编辑　李少敏
封面设计　晨　皓
责任印制　岳建宁

黄河出版传媒集团
阳　光　出　版　社　出版发行

出 版 人　薛文斌
地　　址　宁夏银川市北京东路139号出版大厦（750001）
网　　址　http://www.ygchbs.com
网上书店　http://shop129132959.taobao.com
电子信箱　yangguangchubanshe@163.com
邮购电话　0951-5047283
经　　销　全国新华书店
印刷装订　三河市嵩川印刷有限公司
印刷委托书号　（宁）0030788

开　　本　710 mm × 1000 mm　1/16
印　　张　11
字　　数　150千字
版　　次　2024年7月第1版
印　　次　2024年7月第1次印刷
书　　号　ISBN 978-7-5525-7390-9
定　　价　46.00元

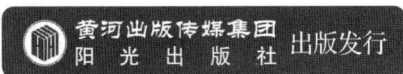

序言

　　这是我继去年后的第二本诗集，也是我之于诗歌的第二次大幸福，没想到来得如此之快，我甚至都有些"接不住"，这源于出版人无与伦比的魄力和发现。这本集子将会在诗歌的宇宙中拥有它的坐标位置，这也会让我汲取活力并继续写出令人难以忘怀的作品，当然，读者可能认为这样的表达过于溢美。

　　但我仍然会致力于此项工作，从懵懂少年文青式的自负和形而上的思考起，我就一直在积攒简约的快慰和道德感伤。这大抵分成两个时期，由前阶段喜欢群山、湖泊、繁星、木工坊和湿漉漉的青石板路，喜欢成熟女性粉色的耳垂和听村野汉子吹悠扬婉转的骚情口哨，喜欢装扮快意恩仇和自己影子决斗的剑客，到后来年轻的"欢喜"和我挥手道别，取而代之的是生存对傲骨、梦想、勇气、壮举、博爱和纯净美好的无情抽离，及对破碎、焦虑、庸常、贪婪、虚空、廉价的黏附，倨傲的年轻人开始进化为一介"江湖相士"，开始热衷于为各式各样的事物施以"相面"之术（即让它们头戴面具），并确信"相由心生"：一切事物的表象都由它的客观本质所决定或与本质相关联。这和我的第一本诗集《路脸》的写作主张无二。我终日以诗言说，并坚信此道不孤。

或者可以这么说，只有从诗歌中才能为我的肉体和灵魂找到更好的出路。

思想至此，好比密林间的晨昏突然变得明亮起来，于是，我心里有一个还原"本我"的羞怯的愿望。曾经我总是对着镜子发问：我是谁，我为什么活着，我需要什么。我开始着迷于英国诗人西格里夫·萨松的诗《于我，过去，现在以及未来》（余光中译）：

商讨聚会，各执一词，纷扰不息
林林总总的欲望，掠取着我的现在
把理性扼杀于它的宝座
我的爱情纷纷越过未来的藩篱
梦想解放出它们的双脚舞蹈不停

于我，穴居人攫取了先知
佩戴花环的阿波罗神
向亚伯拉罕的聋耳唱叹歌吟
心有猛虎，细嗅蔷薇
审视我的内心吧，亲爱的朋友，你应战栗
因为那才是你本来的面目

我好像从中找到了生而为人的意义以及写作本体和载体之间若干问题的终极答案，"心有猛虎，细嗅蔷薇"，读到这样的诗句令我震颤而鼓舞，此前总感觉身前竖着一堵密不透风的墙无法逾越，现在它轰然坍塌。我像一个闯入百果园的男孩，幸福之至，它让我记起作家张炜的长诗《铁与绸》，阿根廷诗人博尔赫斯笔下同样有类似表达：虎是因为爱而存在

2

的。分属亚洲、欧洲、美洲的三位诗人的心灵在不同的时空层面得到呼应，他们找到了那把解构事物的钥匙，而我将是他们的接棒者。在此我无意对这样摄人心魄的名句给出貌似精准的解释，那会招来诘问和厌恶，因为众人的解读会不尽相同。我所能做的就是忠诚于此种认知并狂热地爱上这种精灵式的分行，以及向太阳和它光照下的所有事物致敬。当你由衷地向尘埃奉上赞美和关注，你的灵魂将获得洗涤和新生，你的诗歌也将因此戴上人性的勋章，而你身处的星球——这个目前人类所共知的宇宙中唯一拥有文明的星球，可能需要这样的文化补缺。

选入本诗集的作品跨历二十多年漫长时光，它们的很多拙劣之处没有经过打磨和修饰，但每一首都带有写作者原初的体察，它们隶属于我某个人生节点的苦心经营，被我保留了下来，它们将记录我漂泊的步履，至于品质的优劣，时间会成为自然的评判者。我真切以为，当一个人没有突出才华时他最好保持足够的谦逊。在这个句式中，我和他是可以同位互换的。

以上阐述基于身边和陌生的人们或有可能偶遇我所呈献的这本书，并有兴趣和闲暇阅读，就像在熙熙攘攘的大街和清清冷冷的阡陌，人们感到无由的孤独，会对偶遇的陌生人产生结识和交往的念头，那么，本书的写作者将会得到意料之外的安慰，且将继续这种寂寥和寡淡的书写，像一个为艺术着魔而无视江山的宋代君主。

最后，我想有必要对书名做出必要的解释，虽然聪慧的阅读者有自己更加准确的见解，而诗人本人往往词不达意，就像一个年轻的父亲给孩子起名字，没有特别崇高的寓意指征，只是凭一刹那的心动（就像本诗集我遇到的每一首诗）。——《得物》，和它的初见，就让我心动难抑，它本质上是一款新兴的存在于买者和卖者之间的购物 App，鉴别和查验"层层关卡"及"社交化"是它的存在特征，直觉告诉我这符合我和读者心灵碰撞和交会的定位。另外，一个较为个体的认知就是，所有的和真正的诗歌都需要"得于事物"（或及物而得），只有如此，诗歌才可以发轫和兴起，换言之，根植于事物的诗歌才是确凿和可靠的。

大枪

2024 年 6 月 6 日于无字斋

目录
CONTENTS

001 在碧环村

003 回忆土地

005 世界安好

007 再次路过父亲

009 羞涩纪事

010 阳光照在早上

012 春天的拷问

014 十九行虚构

016 神钟山的荣耀

017 严酷地带

019 青春祭坛

021 雨还在下

023 哦，亲爱的毛驴

025 三岔河之晨

027 白金月亮

029 蚯蚓

030 黄昏的内部

031 读一个女诗人——致辛波斯卡

032 麦地·母亲·寓言

034 摸高的蝙蝠

035 妈妈，雪是白色的

036 开花的小树

037 无花果

039 致ＷＲ，5月20日

041 一个乡下人在北京的精神依附

042 神的加法——致昆仑山

044 第一人称写作：大枪和他的孩子们

046 白层渡口

048 弃子

050 爷爷的麦田

052 一个孩子的可可托海

054 在滴水村——兼致曾春根

055 伤口

056 伊雷木湖的早晨

058 春天的酒令

059 晓岢，我独坐5月上空的胖兄弟

     ——你的死亡，是我的减少

061　昆仑，昆仑

062　太行组曲

068　祖国之光，胜利油田时间简史（1961—2019）（长诗）

084　早上的松林

086　女人的手串

087　蒋胜之死

091　一个苹果

093　记我的两位父亲：杜甫和杨列楼

095　石头寨和烧饼花

097　草地童话

099　写给妻子的寓言

101　马甲

103　在沉重的生活缝隙中握手 ——致陈小平

105　沙漠祭事

107　母亲的羊群

109　献给混蛋的祝词

111　土布小镇

113　黑骏马

115　在一只手表之下，致 W R

117　小女孩，老奶奶，和石头寨

119　一篇主题缺失的叙事

121　狗尾巴草

123 油茶树上的光辉——缅怀汪良忠博士

125 渐冻人

126 怀念那些不让我长大的小伙伴们

127 在北盘江

129 祖国，我要做一种发型

132 葵花帖

134 租赁与幸福

135 我没有一张和春天的合影

137 来自蚂蚁的启示

139 稻草堆

141 春天，我没有土地好多年了

143 纸伞飞过窗口

145 世界末日到来之前

146 我的 20 世纪 80 年代的春天

148 咏叹调之人与自然

150 父亲的抛物线

152 天路纪念塔——筑路者之歌

153 画海的孩子

155 额尔齐斯河上的木桥

157 青春档案

159 遥远的乡村插图

在碧环村

我们在 20 世纪 80 年代的碧环村生活，现在只剩

第三人称单数的妈妈在那里保持日常叙事

我们由五个个体组成，母亲，大哥，二哥

我，弟弟。猪和一条黑花狗不算

它们只是过客，像擦肩而过的父亲

我们只有通过雪才记起他，他曾经用雪

擦犯错儿子的脖子，雪融化时他也跟着融化

现在想起来，像是对我们兄弟的忏悔

我们的房子在碧环村最西面，最后配给阳光的

地方。房子的墙上住着很多土蜜蜂，比起

忙碌的母亲，我们没少得到这些离甜蜜最近的亲吻

为此我们奉上恶毒的诅咒，像对待用唇语问候

母亲的男人。当然，在很多时候碧环村是温和的

我们捡大伞蘑菇，允许传播偷摘果子的快乐

看各种开放式的交配：狗狗的交配最丑

蜻蜓的交配最有美感，这是大于糖果的奖励

在碧环村，我们有一亩六分田安慰生动的嘴巴

我们锻炼小腿肌肉，用很大的野心奔跑

然后我们长大，逃离。我们把母语埋葬在那里

回忆土地

继承自我的父亲，它像一面皮鼓，在他的腹部
擂响，我无差异地继承下这些，在我们腹部
豢养的沙漠短期内不会把这些声音吞噬干净
当父亲的腹部成了土地，他是多么希望瘦小的
谷粒不会让我正在生长的身体看起来那么单薄
这不是父亲的加入能解决的事，就像无数个父亲
的加入，也没有改变这块土地的颜色，它是
西方油画家喜欢的色块，作为繁花的背景
会构成极大的肌体反差，只是我们的土地上
只有反复堆积的骨殖，没有花朵，它过于简单
木讷，没有一个面容姣好的女人从上面经过
臆想是一种豪华理论，我们的土地在走向
我的身体诉求的反面，它吃我，光阴，和绿色
像一条空虚的贪吃蛇，我才是被奴役者
每天焦虑于腹部的方寸之地，飞蝗，白蚁

碱水，冰碴碴，蜂群和授粉的风高过树顶

我们的土地——我们的土地——我们的土地

第二次用沙漠形容它是对喻体的伤害，当诗歌从

露珠上交出，阳光会从 1986 年进入一个新纪元

世界安好

4 月下旬的一个周末,我礼貌地总结这个春天
失去太多,我像过错方,幸运和金钱从不
为我修改规则,它们没打算爱上一个写诗的人
好在我虽然穷,但没有坏名声,油菜的满头
黄金可能让二哈变成疯狗,但不会让
龙蛋的父亲变成恶棍,我的一生都在为著名
而工作,我的儿女每天早晨抚摸我的脸上学
他们三位一体,像总是原谅我的上帝
故乡美好,人人富裕
连我也没有被太阳的子弹除名,我仍然在
输出对贫穷的想象,仍然在朋友圈正常出没
身边的年轻人在大街上按部就班地接吻
老年人在床上按部就班地死亡,我从没有
因这样没梗的文字感到可笑,它们的
叙述并不出格,知足是一种成熟的生存逻辑

人无千日好，花无百日红，无人因为平庸被捕

富丽堂皇的春天是一组杀人诛心的密码

我不能像一个叛徒交代太多，话越多越短寿

世界安好，要感谢自己正在成为一首诗歌的题目

再次路过父亲

那个夜晚劣迹斑斑，春天的笑声像一个反派
父亲是被黑夜抛弃的闪电，整个村庄的人都在
讲述他灿烂而短暂的一生，他以最亮的光
成为光明的缺席者，他像战争中一名被坦克
熨平了的士兵，在最为茂盛的年龄被埋进
一座叫黄马咀的丘陵，从此不再为谁而战
不再听一个年轻女人发号施令。他像一个
负责终审的法官，把生活中的烂账完美地
判决给母亲，那时我们是一群闯祸的小野兽
整夜听着肚子里的歌声自得其乐，我们需要
粗壮的肌肉奔跑，因此努力寻找阻止身体放缓
的法器，学会在春天到来的时候发力生长
热衷于祈祷的母亲不具备除了信仰之外的知识
她提防四个儿子成为问题青年，却无力为
这支青年军准备恋爱产生的费用，后来我们

大步逃离，在电话中演绎春秋，后来我们

遵照母亲的要求选择女人，脸要圆得像湖泊

腿要结实，眼睛要细小……

这些经验构成让人心安的篇章，安放着我们的不朽

羞涩纪事

天生羞涩是一种美德，它被作为重要风评写进

我的自传史，我们一起净腿进城，一起保持

知无不言的交流，那时我向往北京

我知道我的爱情指环不会在方圆三百公里内

那里空气好得不属于我——我是一个自负的人

把贫穷当成著名招摇过市，就像地铁车厢里

涂成红色的安全标志，提醒路过的人都要

谨慎接触和使用，我还是公认的打着白旗

长大的孩子，在游戏中永远享有俘虏的身份

当我察觉我的爱情甚至不在方圆三千公里以内

就希望退化为草本植物，立志找回

身上的名贵血统——形形色色，花花柳柳

纷纷扬扬，羞羞答答，它们以 AABB 的

重叠样态出现，每一组都有温暖的双性特征

它们迫切地加入春意盎然的后宫，并怂恿我

落草为王，让一个梦游者堂而皇之地为自己加冕

阳光照在早上

我相信一些鸟在春天的发音远比在其他季节致命

它们让很多人的交流手势变得大胆，我就是

其中一个，我将引诱一个

女人，她有消耗我的山峰

有资本证明我是一种喜欢攀登的哺乳动物

我从一个天真无邪的梦苏醒过后理解这些

其他时间我不是在打纸牌、抽烟，就是在喝酒

我经常兴奋得像一个难民一样贪杯，那些酒

走遍了我身上的江山，最后稀里哗啦地

弃我而去，它们毕竟是至俗之物，我无从继续

讲述这样败兴的画面，窗外母亲蔬菜园里的

黄瓜和豆角生长得彬彬有礼，耳朵尽头

一群孩子在为一只小乌龟的归属权打架

无论谁对谁错，早上的太阳不会对未成年人

的言行进行审判，我缺乏这种天然优势

我只是一个晚起的油腻男人，且行且珍惜

我的一面之缘的朋友——一头奔跑的轻狂公鹿

昨天在猎人精致的陷阱中死去，它会是另一个我

春天的拷问

再过几天，5 月的雨水就会幸福地在夜晚开放

再过一个月，6 月的小麦就会开镰收割

那些未开花的、未结籽的将有机会为自己加冕

但你不能指望所有的事情都得到解决

即使在繁华的南京路，盲杖的敲击声仍将

成为流行音乐存在，它们并没有构成城市的

败笔，远在东非高原乌干达街头流浪的小男孩

他们的国家正在经历磨难

这是侵略者的地理志，孩子们不应该成为败笔

再比如我的朋友，因为同一只宠物狗有了

五次狂犬疫苗经历，陪着年轻的情人炮制了

几次无痛流产，和蜗居南方的单亲母亲

一个终年靠烧牛粪描绘古老狼烟的老人

则始终山长水远，这些仍将不能成为败笔

接下来是刚发生的事

乌克兰诗人卡明斯基的《舞在敖德萨》和我的一条三角内裤

同时从床单上滑落，出于对一个受难者的咏叹

我将先捡起这部被闪电赞美的蓝色封皮的诗集

而为了对身边的女人保留闪烁其词的羞赧

我首先拾起后者，它会成为这个春天的败笔吗

十九行虚构

在我的很多诗歌中都出现了父亲，可以负责任地
告诉你，我对他很陌生，他被儿子们拒之门外
四百米，像拒之万里之遥。除了性别肉眼可见
我一生都在向虚构致敬，我一直是个合格的
造假商，真实的父亲是一个归置整齐的收纳袋
他的故事已经被真空密封，但我会在文字中
解放它们，我会说，他陪我看日落，体验干旱的
土地被水滋润的幸福。虽然贫穷仍然耿直得
如一条铁轨，毫不掩饰地驶入我们的生活
但我一定会用华美的辞藻表达：鲜花在春天的
音乐里噼啪作响，它们是太阳分泌的香膏
指导蜜蜂完成对世界的阶段性破译。因为这种
无与伦比的文采，我拥有一个完美的父亲存世
就像我拥有一个完美的铁环，陪着我在
上学路上滚动，它是给生活颁发的另一种奖赏

现在，我再次虚构父亲，"他是个著名的死者"

表明我的识见与日俱增，我已经习惯在傍晚

炮制这样的作品，那时的太阳已经被抵押

生活就是这样，黑夜是一间贩卖虚拟币的交易所

神钟山的荣耀

可可托海的秋天，一个竖着的"一"在寻找

词语的出路，我敢肯定，神钟山和李耳的"一"

是一对身体的重叠，一生二，二生三，三生万物

神钟山是大地献给天空的荣耀，是标注

阳光的立柱，神钟山让天空和大地按时进入

青春期，让一条河和一棵树互生爱慕

当我向它问候，它用"一"向陌生人捧出

天堂的甜点：它的凸起令远行者拥有可以流传的

故事，它的膨胀让天空不再空洞，我确认这些

对我的诱惑大于一首情诗对黑夜的描述

如果它是一杆猎枪，我会感觉

中枪是猎物的快乐，它像泰坦尼克号

那根激荡的萨克斯管，听过的人都感到

全新的春将至

严酷地带

当他打开房门，他只是从一侧空气进入另一侧
空气，他不知道如何处置无助，整个下午
他都在数窗外疾驰而过的警笛声，他想获取
这是个危险的春天的数据支撑，他的两个尚未
成年的姑娘需要证据确凿的警惕，班上已经
有男孩给其中一个写信，并熟练地用上了
这样的语言：胖了还这么好看，足以证明有趣的
灵魂是多么吸引人。他极度怀疑这样的措辞
出自一个经验老到者之手。但他稚嫩的女儿
不管这些，她的社交账号已经取消对一个
以减肥著称的网红的关注，他似乎正在
失去曾经像眼镜蛇一样高傲地昂起头颅的女儿
他的妻子的反应则更加犀利，如旧卷扬机
的钢绳发出口哨一样的尖叫，她无法容忍
任何人成为过早获得女儿权限的验证官，出于

这种推理——孩子们简单地成长已经不再

简单，他们只能自祝好运，为对她们的关爱

找到合乎情理的出口，来帮助这个春天归于平静

青春祭坛

成为一个诗人前我并不认为自己是纯洁的

我做了很多失常的事，我甚至向往原罪

我像一只豹子一样隐藏启动前的动机

做派飘忽，自视甚高，吊儿郎当，且无所畏惧

很长一段时间我在森林里完成了对成长的窥视

接骨木上的蜂鸟同样目睹了两个年轻躯体的修行

这样的能量储备经常让我瘦小的下半身

揭竿而起，当然这还不够，另外一些坏小子

参与了进来，坏能量像原子一样分裂

我们射杀松鼠，赞扬乌鸦和灰雀

那时春天摇身变为女巫

火焰与黑暗一起变坏，少年和野兽一起

变坏，我们在气温还是个位数时开始裸泳

在水塘里扎猛子，朝路过的人打最低级的响指

我们乏善可陈，我们的狂躁多到无处安放

精神和肉体集体暴动，直到一个女孩

出现，为我开发长达数十年的赎罪券

我才从虚妄的雄心走向现实，重新成为

一粒春天的种子——我眷恋着这样轻浮的过往

雨还在下

雨还在下，像小动物制造的一部喋喋不休的词典

南方新闻的插图里，蝴蝶仍然驮着它们的

翅膀在飞行，我们的二女儿也是一只蝴蝶

她头上的蝴蝶结，呈四十五度角向天空张开

她的小心脏，钻石的质地，每天执拗地

向光阴索取快乐，她不懂得在一个

严肃的冬天，每一滴雨都是带枪的猎人

地上的道路已经被追雨而坠的叶子铺满

这是它们为季节拼图做出的必要填充

也是留在地面上的最后的荣耀

像这样对生存的放弃通常被定义为死亡美学

雨滴，蝴蝶，和落叶，都是被时光锻打的黏土

也不只是在冬季被讲述，它们从不同的角度

呈现新的意义，就像现在我所看到的

一个裹着浴巾的女人在大街上追逐他的情人

街的另一边有人正在送年轻的妻子去往

殡仪馆，这些画面仅仅停留在

口舌之间，没有人愿意别有用心地编造所谓的

蝴蝶效应，它们的出现只是一次普通拉练

不是警告，和教师在孩子练习本上的批示一样

哦，亲爱的毛驴

我杜撰过很多东西，毛驴算不上其中一个
它应我的请求为我转动碧环村西面的大磨盘
它让我在少年光洁的肩膀上种下成长的
平衡树，我多想拥有一头自己的毛驴
这样的想法曾经像软骨一样伸出我的体外
我的妻子多年未解开我对她的冷淡之谜
过去被烧掉的许多情诗，妻子不在其中
"亲爱的毛驴"，一次一位同行的诗人这样倾诉
竟然引起我的不适，他说栅栏里黑色的
毛驴，已死去六年零六个月
同情心让我无法参与争论，我的毛驴是白色的
一身月光一样的毛白得让我甘心浪费
整个夜晚，它每晚从我家的自留地里起程
我们用一种中间语种交流，彼此表白
我们在太阳升起之前抢着感动对方，像光抢着

感动自己的影子，我们很早就懂得什么叫见光死

那时候碧环村还是世界的中心，梦里梦外都是

三岔河之晨

我没有听到鸡鸣，虽然这是地球上被最为广泛
复制的声乐，却看到头猫河，坡乍河，纳摩河
在云雾蒸腾中的骑术，它们传播令事物臣服
的波段，它们的合唱比古老的鸡鸣更美好

没有人能轻易闭上此时的眼睛，如果有珍稀的
山石：狮子石，飞鸟石，擎天柱，斗牛石
和许多叫不出名字的石林，把大地上
所有石头的美，阴阳，雌雄，意外，激情
一样不落，打包给你，如昨晚共枕的情人

如缥缈的晨雾，江风也只有在这时候拥抱
一个偶遇的男人，并轻轻抻了抻他的衣角
这样的暗号只配在四十岁的身体上稍纵即逝
更多的是当它刮过草丛，河水，和青砖房子

当它像初恋一样走进麦地里少年的情书——
这样的大自然，自然有着文字无法抵达的丰满

我很想知道它经历怎样的冶炼成为传奇
并启发自己要像一个走动已久的老亲戚
每年都来探望，要成为异性欲盖弥彰的融合
行走于世多年，我要写一篇美文驮着这样的水流
题目为：一只黄嘴白鹭正从河面上快乐地飞起

白金月亮

我、一个四方形的栗色茶木矮凳，构成我们

我们整夜整夜不睡，又不好去打扰别人

再说我也不喜欢，那些人说话总是爱以

"在我们地球"开头，那时我不喜欢这些

我的十四岁的屁股已经学会排斥两角钱的香烟

制造的宏大理论，来自它的臆想似乎是一种

更加有效的官能快乐，比如"一匹马产下一个草原"

"把私处暴露给大海"。它们成了我最早的

不到二十行就写完的诗歌训练中的警句

在疯狂的 1990 年，我忍受了长达五十二周的

猫头鹰的尖叫，那一年的我你们从未见过

我的脸被月亮晒得发白，虹膜黑得

张扬可怕，直到我拥有了日子一样不停更新的身体

一个女人为我带来了这些，她在把握节奏方面

做得很好，像果盒里一个成熟的北方苹果

让一个青涩的有着铁锈色刺毛的猕猴桃变软

那一年的晚上月光很好，月亮成了合格的中间商

蚯蚓

当我注意到一条蚯蚓在泥土上翻阅冰冷的雨水

我开始怜悯它，幽灵不应该到地面上寻找光

大地深厚，蚯蚓的舞伴不是光芒

大地中的黑暗才是，安详的地心风景迷人

就像我不该到城市来，农村才是风景的集散地

父亲说过我就是一条蚯蚓，一生都不能逃离土地

接着说其实每个人都是蚯蚓，最后

都会用熟悉的方式回到土地中去

这是对生命仪式的温习，这是土地的智慧

我发现：回到土地中会减轻

孤独和焦虑，会减轻肉眼可见的体重

我想或许我真的是条蚯蚓，能厘清这样抽象的账单

黄昏的内部

致所有人：誓约需要发生在太阳底下，不要

在黄昏时互送礼物，这时的房子是倾斜的

不要在这样的路线上行走和生活

它们没有诗意，晚上的海平面高过影子

不要做那个未到场的人，穿过广场回家是安全的

要像相信从不缺席的太阳一样相信你的爱人

她一直在等，这时候她还没有宽衣解带

20栋2单元6楼那些朝北的灯光还在亮

这个城市所有的灯光还在亮着呢

还不到宽衣解带的时候，世界刚刚黄昏

词语的肉身从玫瑰花色的格子餐布上倾泻而出

三双各就各位的儿童筷子让口舌欢愉，他们

为你虚席以待，他们的母亲还没有宽衣解带

她从折扣店买来的西地那非几小时之后

才会开满火苗，黄昏是黄色的，当然

这只是一个不过分的玩笑，她在生活中轻慢了自己

读一个女诗人——致辛波斯卡

我得到过爱人的允许，不需要贿赂就能读一个
女诗人的诗，虽然诗集的封二上她露着一张
魅惑的脸，爱人比谁都知道我对这样的
女人坚决不抵抗，诗中的文字就像被点燃引线
的花蕊，在春天的枝头爆炸，她不是不知道
上面的句号十分成熟，十分挑衅，十分凸起
妥妥的都是诱惑。女诗人穿着黑色的抹胸吊带
上面织有长城一样的锯齿边，我把它们读成
开放型的工事，而不是防御型的，我从完美的
中间开始读，从书的肚脐眼开始读，往上
一直读到她的脸，和任性的金发，往下
一直读到她的小腿和深玫色的脚趾盖
我发现她只给右脚的大脚趾涂色，像行进中的
一面小旗，我对这样节外生枝的联想很满意
或许她需要这些，她在 1945 年发表了
第一首诗作《我追寻文字》，很像我现在的追寻

麦地·母亲·寓言

在十四岁时我打算向一个身份恰当的人讲述

在这之前你不会承认对我并不了解

我知道讲述的不仅仅是一块狭小的麦地

它让我的饥饿有了一个着陆的位置

让我胆怯的羞涩可以在第二天早上苏醒

我天生对这样的事情印象深刻，而从不去关心

怎么从一米长到一米七，那时年轻父亲的骨灰

正在土地深处巡游，他固执的妻子认为他

仍然在场，并畅想 8 月的麦子和骸骨一样

具有高密度的质量，想着正在麦穗上推演

排列组合的、卵形的小蛋黄毫无保留地

充实进她瘦小孩子的裤裆，三十二年后我应该向

母亲道歉，她的儿子早在春天的麦地里

就把那些柔软的绒毛一样的麦苗指向异性

平坦的小腹，而她得体地充当旁观者

至今把她的诗人儿子装饰得像一个戴着

麦芒皇冠的星座，并到处称颂

摸高的蝙蝠

在年轻的父亲去世后，我把父亲的话当成信条

他让我在很小的时候就往上跳，不停地跳

他让我摸高处的吊件，一开始是小摸小闹

后来是摸所有高过头顶三尺的事物，他说

举头三尺有神明，那样你就会看见神所看见的

我抗拒神，父亲就替代神给我惩罚

他让我学习成为一只鸟，而不是一个人

他强调高处不应该受到藐视，这使我感到很无趣

鸟都是没有乳房的，而我生下来就喜欢

这样圆形的事物，天似穹庐，笼盖四野

我喜欢天大的乳房，能笼盖我和碧环村的田野

我为无法胜任父亲为我量身定做的成长羞愧

多年之后，作为向久居地下的他的致敬

我成长为一只黑蝙蝠，世界终于知道我

依靠什么行走，高处的空间太大，苦难没有回声

妈妈，雪是白色的

今天是双十一，雪是白色的，雪白雪白

妈妈，我祈祷我的屋顶和寺庙的屋顶一样雪白

我的雪落在碧环村以北一千公里远的地方

它们未经训练，保罗·策兰的

雪落在乌克兰，正义和邪恶都会留下印记

从春雪到冬雪，战马已经嘶鸣了二百六十一天

妈妈，雪是白色的，这些六角形的小摆件

还能在坏孩子手中活跃多久，他们重拿重放

不像童年的我那样善良，山里孩子从不

慢待易碎品，它们在我长满小癞子的头顶上开花

它们有一个治愈丑恶的名字，而在遥远的

乌克兰平原，也许这一切只是幻觉

那里暮色仍在增长，绵延的工事白得冷静

妈妈，今天是双十一，雪是白色的，雪白雪白

股票，战争，球赛，电商，和三张坦白

从严的电子病历，它们雪片一样涌向我

如果断掉电源，妈妈，世界是否像一个迷路的诗人

开花的小树

三级风也可以让它发出夸张的呻吟，它的

小枝叶跳跃，跳跃，它模仿小女巫赫敏·格兰杰

赋予每一朵小花神秘的魔术，并同样拒绝

摆弄占卜术，拒绝在太阳底下寻找勇气

这让我的眼睛有了从一排大树中找出它的机遇

它像我的同桌一样光彩照人，相同的姿态她在

1996 年就展示过，相当于一次超级军展对

我的震撼，美丽部分是她傲人的兵器

她守护着这些兵器，直到疾病成全她永葆青春

午后我就要为它重复上一动人的诗句

它单纯得难以从母亲眼里看出要被砍伐的悲伤

那时这些桡骨一样的枝条，小乳房一样的花

将来不及展示魔法，它们像我从前

折叠成心形的粉色情书，也将同样预备

为将到的死亡合十祈祷，我不想以一个

美术生的特长记录它和她的面容，名字和

形体都会被遗忘，我仅能说服自己仿佛从未相见

无花果

这样的设计是完整的，无须在花期前祷告

大风可以自由穿行而不至于因花瓣掉落

承受道义上的谴责，它是无花的孩子

无论怎么正名都会被蜜蜂当成一生的公敌

没有人为一株不开花的植物送上甜言蜜语

它在百花开放的时候完成一部孤独的

植物史的书写，如果是一个哲人，会把

拥有绝对的孤独当作幸福，可以肯定

直到现在我都不是，过早失去父亲

让我同样无法拥有开放花瓣的权利

我——无花果，两个不需要色彩修饰的裸词

就这样爱上黑暗的孤独，我曾以此跟地底下

完成腐烂的父亲讲和，那个总是和我

出现在一个空间两极的乡村理发师

他用"仇人"为他瘦小不羁的儿子冠名

我对他不会有起码的歌颂，我把不开花

作为基因记在他头上，完成这些需要感谢身边

这棵无花果树带来的感应

致 W R，5 月 20 日

今夜，我在千里之外

网购了一些文字

月亮船把唇印写在包裹单上

你醒来后就能接到这份快递

别忘了检查一下它的封装

也许所有后来的日子

都是最初相识的日子

事过境迁，但不难想象

很多时候，就像今夜

你仍然习惯，在十字绣上

为我留下一扇门

你的发丝

是这尘世最轻的，也是最重的

每掉下一根来

都会为我和孩子们

铺上一段远足的枕木

发丝越来越少

枕木越来越多

你的眼睛很黑，也很宽

经常这么执着地定义着婚姻

你漆黑的睫毛轻轻一闪

似乎所有的黑夜

都是最后一个黑夜

消解掉整个困顿的

人世间

一个乡下人在北京的精神依附

我敢说，我比一个叫海子的安徽诗人幸福，他只有
一所房子，依托于梦想，而我有两所，一所在北京
一所在全丰镇杨树湾山下，我完成了一则当红命题
屌丝逆袭。此后我遵守公约，在它们的身体上崛起
这多么像同时和一个城市女人一个乡下女人搞暧昧
我一度以它们为奶源，从那里获得犒劳人生的给养
我讲北京段子说家乡方言吃大糙米喝牛栏山二锅头
而它们总是在两个山头打消耗战，且都试着说服我
故乡是个好故乡，阳光仍在虫豸的触须上发放温暖
我最终选择像流亡鸟一样顺应天空，偶尔振振翅膀
又率先放弃尊严降落，像对待不同我交流的小媳妇
我梦见一些背离梦境的人终夜对着沙滩上的白鞋哭
然后联想到自己学生时代曾伙同屈原杜甫打马狂奔
现在我只能孤守着两所房子，一所在北京，一所在
杨树湾山下，它们一南一北分立在我的祖国的两头

神的加法——致昆仑山

从低海拔到高海拔，我把加法做到昆仑山

在五千九百多米的玉虚峰下，不要用巴掌

和天宇相比，诸神在这里穿上象征无限

的天衣，把时空从所有诗句中剔除干净

也不需要每天祝自己长寿，祝自己

在活着的队列里

不需要为对一座山的珍爱找到合乎情理的

解释，妒忌和构陷昨天在猎人的陷阱中死去

要像右手信任左手一样信任石头上牦牛的图腾

它们在古今通行的加法运算中成为你的兄弟

你还会向山上每一块凹陷的石头鞠躬

在上面填上仅属于同胞的名字：野驴，藏羚羊

马熊，白唇鹿，雪豹，棕头鸥，红狐，狼

鹰雕，黑颈鹤。——它们习惯像冰川一样沉默

它们是你值得尝试打手语沟通的爱人

在昆仑山，不要为了迎合风暴而小心翼翼地

收起翅膀，当神的加法让山头的蚊子献出

触须上的莲花。你尽管甩掉可疑的护身符

为万物命名的昆仑神啊，屠刀至此，已无恨意

第一人称写作：大枪和他的孩子们

从大女儿到小儿子

再从小儿子到大女儿

我搞不清他们何时能臻于繁茂

却搞得清他们的身高

和院子里的树一样

总比我更快地长高

所有人见了我都说你这人真值

我花了很多心思想搞清这种值的换算规律

一觉醒来，规律没弄明白

却不知道我的头发怎么长到他们的头上

我的头在太阳底下闪闪发光

照耀得他们的发型真好看

每一根头发就像一片缀满露珠的树叶

无比青春地反射着阳光

晃得我的眼睛发胀、发酸

以至看不清他们是树还是树是他们

他们说着笑着唱着渐行渐远了

我只好依依不舍地认领着自己的影子

就近寻了一处树荫浓密的地方躺了下来

影子不见了，我也静静地睡着了

偶然掉下的几片叶子

头发般轻轻地摩挲了我几下

一点儿声音没有

白层渡口

我没有到过，但它不会消失，就像我没有见过
一个女人，但并不影响我尊重她的
曲折之美，生活中有很多事并不因为
缺少谁的证词而无效。这是一个荣耀的渡口
鱼群和黄金一样耀眼，它们从这里学习出海
学习面对现实的落差，当两岸山冈上的乌桕树
成为向往自由的旗帜，河流就是高扬鬃毛的战马

渡口以上，上至花江，江面窄，礁石多
不利航行，渡口以下，江阔水慢，宜通航
这样的渡口，自然成为一条英雄河设置的卧底
只要跨过它，每一个浪就被当成花来接受膜拜

河流和渡口就会形成一种人所共知的情爱关系
像锈与铁，一种因呼吸而产生的腐蚀之美

它们因循守旧，拒绝流行，它们总会在

生活的拐角处唤醒远祖们潜伏的语言

——回声，那片天地只有它们，那片天地

只属于它们。白层渡口，我从未到过，好在

我的信用是完美的，为这样快意的演义泪流满面

弃子

记不清这座城市有多少个路口，路口

有多少盏红绿灯，红绿灯有多少种隐喻

能让我和我的狗停顿下来，在城市

停顿是一个令人轻蔑到无视的词

即使一只狗，也应该始终忙碌着

用它的鼻子，以便随时跟进这座城市的

气息，商场是一个没有信仰的醉汉

醉到敢把一切吃进去，又把一切

吐出来；永远打着电话的业务员比三阿婆

还健谈，根本不怕话多惹麻烦，也让更多人

不得不学会甄别来电，一城市的

人都在忙碌，一城市的陀螺都在旋转

只有我和狗被红绿灯冻结，像冻结的符号"$"

这符合我和它的交情，也符合我和狗的形象

"S"是爬着的狗，"‖"是直立行走的我

有时会彼此代换，审时度位

像我们的即时位置，前方是人民路西段

后方是光明路东段，左方是解放路南段

右方是新华路北段，这些方向美好得让我

迷失方向，但狗不会，绿灯一亮，它仍会带着我

往城市角落某个棋摊赶，尽职得像押送我

奔赴另一个战场的解差，一群人已经

围在那里，都在听一副中国象棋发号施令

纸上谈兵真是一个好成语，会让好些闲着的人

安静下来，从容地扮演那些招式美丽的弃子

爷爷的麦田

这是从播种就开始的一个计谋

爷爷把麦种撒下去

麦种开始潜伏，麦种就成了

计谋的一部分，为了让计谋

不被人注意，先盖上一层雪

或者再盖上一层，然后分阶段

把它们唤醒，唤醒是间谍潜伏时

常用到的一个词，所有的一切

都在按严密计划进行

出苗，拔节，扬穗，灌浆

其间会有很多双眼睛来

麻雀会在白天来

老鼠会在晚上来

兔子白天和晚上都来

它们和爷爷的信仰不同

信仰不同往往会发生战争

麦田是爷爷的疆域

它们是赤裸裸的入侵者

爷爷奉行理想主义

他是一个浪漫主义诗人

不然怎么会在挨饿时

还想让冬天绿起来，他在 5 月

谋划让每一茎麦穗

穿上黄衫，同光明接头

按理说，应该把那些入侵者赶走

这是颠扑不破的真理

但爷爷并不让我们兄弟驱赶

他说，赶走容易

但它们就会进到集体的麦田

爷爷死于 1981 年夏天

分田到户的第一年

我注意到，所有麦子的茎秆

都是挺拔、有节的

一个孩子的可可托海

如果大地上只有一个地方可以抵达，即使飞了

三千公里，外加坐了十个小时汽车

也不为过，如果这是一道关于距离的算术题

所给出的参数无法让孩子告知你准确答案

就像一片云杉叶子的天空，和额尔齐斯河

一滴水的天空，它们都以美丽命名

但谁能确认它们美的准确值？我就是

那个没有得出答案的孩子，我的小书本一样的

眼睛只负责记录，不能像童话里的巫师

推算出哪片牧场驰骋着他心爱的女人

在可可托海，我只是一个孩子，一幅巨幅

蜡笔画的小作者，我像别的孩子一样

用海的呼吸和太阳的火焰，为每一个路过的人

烘制秋天的甜品，这是他们应得的奖赏

此时，天山肥美的雪片还没有落到这里

横卧在河面的白桦树，以惊人的姿态

掌控了美的全局，并模仿神的口音告诉所有人

这里的风景可以邮寄，你从不需要给出地址

就像月亮和星星，会照样把光邮向遥远的窗口

在滴水村——兼致曾春根

在滴水村，就像在碧环村，所有的阳光

都会认路，都会指引老人和小孩，弯曲的

牛铃声荡开在草地上，它们用诗人的语言

播报幸福指数，它们让一切变得开阔

在滴水村，就像在碧环村，草都是善良的

年轻的怀孕的母亲们说，善良的草

都会开花，它们在每一个花期开花

就像每一个晚上有人怀孕，它们享受相同的过程

并让每一天都像今天，2022 年 10 月 31 日

从月初到月末，沿着这个顺序无限循环

在滴水村，无数的雨水下在村子的土地上

密骤的滴答声像无数活泼的孩子往地上扔顽劣的石子

这时的坚硬是温柔的，它们是听着上苍谈情说爱的

孩子，它们把爱写成讲义，把他们

经营成它们，直到最后，无法分清谁是谁

伤口

年轻时他学医，他把女同学的嘴

当作伤口，夜风一吹，就想在上面献吻

后来他经历了几次爱情，发现

女人的伤口真多，嘴巴是她们最大的伤口

在他衰老得只剩下自己时又有了新发现

那些带着伤口的脸，真的很美

伊雷木湖的早晨

没有邮票，没有明信片，我已经很久没有
看到这些移动的风景，伊雷木湖原本可以由
这种方式从它的世界旅行中抵达我遥远的书案
我的脚步一向比诗歌金贵，有漂亮女人的
咖啡馆是个例外，伊雷木湖身体上安睡着
三个咖啡馆：一个十八岁的女人，一个
二十八岁的女人，一个三十八岁的女人
芦苇是她们欢笑的发辫，湖面是梳妆的镜子
伊雷木湖不可修改，但我可以把上句改成
芦苇是温柔的手指，湖面是春风荡漾的小腹
只有这样才可以把我三封珍贵的情书带到这里
就像阿尔泰山把云朵带到湖面上，这是一种
初恋才有的关于美的对话，它们都是因为
女性而赐予的财富，并因伊雷木湖而出名
不同于一个男人在女人背后，吹轻佻的

口哨而出名，虽然都会给我最后的清算

我打算从此不再在任何一面湖旁边歌唱

苏醒的羊群面向东方而食，我爱伊雷木湖

伊雷木湖爱我，相爱的一天从阳光中的寂静开始

春天的酒令

在郓城以南，宋押司泽润之地，月光在

春天的站台上穿行，瘫痪的山寨已经修复好

煮酒的节气里，豹子出没的黑夜是温暖的

它伸出触手，像对生的花瓣一样

鼓掌。一位同行的伙计在我耳边

创造了一个词语——醒酒风

仿佛这个词早已存在，在八百多年前的水浒

它像刀锋一样被选择，也是这样举杯

面对同一轮激荡的月亮，一群牧民

放弃谦恭的牧草，在喋喋不休的

江湖中策马，由更远的城驶向更近的

如一张张磨损的货币在世界收紧

的缰绳中完成流浪。毫不起眼的夜虫

在失眠者的窗户下以声纪事，经营春天的

火焰，像来自地心的焦煤，观照写诗人负笈夜行

晓岢，我独坐 5 月上空的胖兄弟
——你的死亡，是我的减少

麦芒善良，初夏的太阳苦涩，迎接你的

黄土地上郁金香浓郁，日记里静悄悄的

兄弟，是落英包裹的新郎。5 月的麦地里

五色鸟在夜里抄写令泪水夺眶的告别书

高悬在平凡人间的太阳，用松柏的语言

凭吊你高于繁星的存在，整整四十二个春天

整整四十二片无声的海，是怎样把信札上

的幸福，传递给每一个过路的人

写诗的人走了，忧伤的羊群被赶上山冈

一切都安静下来，没有人想到江湖的

嘱托，同窗，是唯一活着的名词

我沉寂多年的胖兄弟，我的胖兄弟

以后的无以穷尽的夜晚，我们会像从前

一样举杯，我们唱，我们喝，我们自诩

天地间的英雄，我那像云朵一样祥和

的胖兄弟，从今夜起，我是唱诗班的孩子

天空，没有贯穿始终的黑，天堂，并不空虚

昆仑，昆仑

姐姐，我有两只眼睛，路过这里：

野牦牛、野驴、野骆驼、猞猁、藏羚羊、盘羊、石羊、

　　野马、黄羊、马熊、白唇鹿、雪豹、红狐、狼、

　　野雉、石鸡、雪鸡、天鹅、棕头鸥、大雁、赤麻鸭、

　　黄鸭、鱼鸥、鱼鹰、鹰雕、黑颈鹤、褐马鸡、

　　野牦牛、野驴、白唇鹿、藏羚羊、盘羊、雪豹、

　　猞猁、雪鸡、天鹅、鹰雕、黑颈鹤、野鸡⋯⋯

姐姐，我有两只脚，走过这里：
我一生看到的东西太少，对高处的世界一无所知
当我想要离开，它们让我像言情小说中的
男主，只要打开书本，很快就被弹回原处

太行组曲

太行的光芒不只是大地上的灯塔，更是天空中的太阳

——题记

1. 月光曲

远古的地火热情洋溢地燃烧，三叶虫和海螺

被送上一座后人命名为太行的巨大山脉

这是热衷于艺术设计的女娲送出的神来之笔

皴染出的山梁、褶皱和横谷带着圣洁的

天使气息，金星在连绵的山脉上空

无忧无虑地闪耀。数百万年过去，月光照常

张开白翅膀，浆果像少女的小胸脯一样生机蓬勃

它们青涩诚实地供养着执掌情爱的神灵

王屋山已经着手在寻找一个叫愚公的

光辉形象，敬畏信仰的人们开始在漳河

滹沱河和拒马河桃粉色的春风中牵手，花朵放肆

盛开，云彩像《诗经》一样拒绝灰色的隐喻

苔藓练习用温情装饰大地，没有一棵小草是卑微

或忧郁的。天人平和，巨兽带着小兽一起

从容进食，它们嘴角向上，回味着露珠的清甜

到处是田园牧歌，没有哪个物种在意

自己的谱系，蜂群和蚁群连微不足道的口角

都不会发生，彼此凭纯洁、质朴和真诚致敬

和解是一个从未启封的虚词，一切散发出自然

木质之美，人们，人们，太行，太行

他们在 1937 年前的合奏中弹响八百里长的快乐琴键

2. 受难曲

当漆黑的乌鸦在太行山的酸枣枝上发出急促的

吱吱短叫，积储亿万年的和平被突然降临的

弹道碾碎，驾驶铁舰的屠夫在途经的每一个村庄

和城镇留下殷红的罪证，它们在昏暗的晨光下

触目惊心。原本清澈的河流被牲畜酱黑的血

疯狂追逐，焚烧粮食的乌云遮天蔽日，被兽欲

解开的小女孩的棉裤在无声哭泣

光明和新生无法由孕妇提供给腹中的胎儿，尽管她

即将临盆，冰冷的刀锋是野兽推广恶行的钢牙
散布细菌的魔鬼在戕害无数口水井，瘟疫在
无辜百姓的血管里强行繁殖。黄鹂和百灵鸟的
声音已经嘶哑，吹响了亿万年的春天小号
被掼在坚硬的冰碴上，曾经圣洁、广袤的
家园没有一处安全掩体，流离失所的人们啊
消失之快如夏天早晨的露珠。打马走过的
昔日繁忙的乡村，三天看不见人畜的身影
鳏寡孤独被刻上每一块简陋的门楣
曾经的热土成为侵略者巨大的战争广告牌
如蝗阵一样的黑暗在古老的山脉上空凶残咆哮

3. 义勇军进行曲

我的笔回到七十多年前的华北战场，我想用
十天写一行的速度缓慢推进，太行人民
中国人民、世界人民的反法西斯战争惨烈而伟大
过快的记录只适合咖啡厅里上演的小痛苦
翻动积尘已久的旧书页，我听到"向前向前向前
我们的队伍向太阳"的鼓点，那时的向日葵
在田野里集中展示团结的力量。我听到
旧唱片里"'名将之花'凋谢在太行山上"
阿部规秀贴满复仇弹片的身体像被诅咒的

风铃在太阳底下缄默。中欧一位诗人曾说

"麻雀是'永恒'脆弱的象征",而在离他

遥远的东方,麻雀战让侵略者的舌头

贴上永恒的封条。我听到驳壳枪、汉阳造

机枪正在勾去敌人的名字,骄傲的

东洋堡垒被土炮和手榴弹请进熊熊熔炉

钢盔和马靴只是红土地上外强中干的陶器

我还听到,拼刺刀让敌人跪在烧焦的壕沟里哀叫

他们绝望的眼神羞耻地写进侵略者的扩张史

皱缩的军旗席卷起背负的坏良心被焚烧

一起被焚烧的还有狂妄残暴的天皇帝国

即使时间来到今天,我仍然能感受到焚烧

扑面而来的热浪,那是一个百孔千疮的年代

同时也是一个杀敌卫国的热血年代

英勇的太行人民和英勇的中国共产党人

用行动和信念书写了世界战争史上的不朽

这满山的岩石就是不朽的见证。此刻

我站在太行山温暖的腹部,我的祖国和人民

正在热情饱满地建设脚下这块历经炮火

锻打的土地,阳光和飞鸟在村庄上空

挥洒自由,硕大的英雄之花正在和平富饶地盛开

4. 春之声圆舞曲

时间之幕推回到 1949 年，巍峨的太行已经完成
对战争和苦难的清算，弹壳和钢刀包裹上甜蜜的
锈迹，这是最可爱的岁月包浆，富于天资的白鹳
在高声昭告和平生活的到来，没有阴霾下的树叶
没有阴影下的生养，所有深渊都被阳光
和地火打开，五台山的众神愉快地
访问人世，他们无须背负拯救苦难的包袱
天地调和，万物平衡。每一只青羊都拥有
自己的草垛，它们享受做一只羊的幸福
拒马河、漳河、滹沱河、沁河共同做出等同于
呼吸的承诺，并保证四季水草丰茂，渔产富足
小红菊、蓝花棘豆、火绒草早已忘记
童养媳一样的压抑，并讨论向天空伸展的可能
怀春的少男少女像篝火一样噼啪燃烧
他们把情事写在年轻的脸上。新时代的愚公
正在一个伟大政党的领航下，重新开启
建设的征程，田野里响起马达愉悦的呼吸
工厂里奏起机床明快、澎湃的交响乐
苹果园、杏子园像蓄满颜色的奶袋芳香四溢
高粱、小麦、黍子、玉米在风中转动富饶

的身体，储存在粮仓的栗子和橡实两年来依然

饱满光亮，秋天在黄铜一样的歌声中

得到收割，每一座世代相传的石头房子

都是人气旺盛的产房。在太行山辛劳淳朴的

人们面前，村庄和城市，田野和山岭，阳光和雨水

齐声给出诗性的回应：它们喜欢这种真实的幽默

祖国之光，胜利油田时间简史
（1961—2019）（长诗）

地上的人们解放了

而地下的无尽矿藏

还不见天日，浑浊的河水快变清了

而发亮的石油

还在地层中哭泣

——郭小川《让生活更美好吧》

一、20 世纪 60 年代

1

所有的日子都在怀孕，所有的空间都会充满怀孕的

事物，但我只记录 1961 年 4 月 16 日，在山东省东营村

一块悄悄妊娠了亿万年的土地，给因极度饥饿

而积贫积弱的国度，送来分娩的喜讯：一口被命名为

华8井的采油井诞生。这是人类和石油的一场盛大

爱情，也是华北地区和山东辖境第一次发现

工业油流，第一次以地底的瑰奇来热爱地上的世界

胜利之路，由此打开。东营，这座当时还不叫城的

黄河入海口的小渔村，一瞬间被钢缆、井架、钻杆

滋养在工业报表之上，同时被滋养的，还有一群

把抒情和叙事标注在地底的油光满面的诗人

2

一粒油砂，一个油层，一根输油管道，一条

健硕迷人的钻塔的手臂，总会指向一段激情燃烧的

采油岁月。1962年9月23日，在东营构造上结出的

新皇冠营2井，日产555吨高产油流，令那一年寒冬

始终阳光明媚，更令全国日产量最高峰值的油井群

保有着稀缺的惊愕。胜利油田始称"九二三厂"

即由此而来。熔炉里炼纯钢，油井里采黑金，这条

穿地层破岩石的油龙，以它高亢嘹亮的管乐之声

占据着祖国建设者的高音区，从此，地底不再沉默

黑色的鱼群游出地表，富饶的声音从地底升起

3

一个时代，总会有一种品性让人们表达赞美和感谢：
伴随盐碱、泥泞、飓风、干打垒、绿毛水而来的
是爱国，奉献，忠诚，质朴，矢志不渝。这是属于
石油工人的品性，也是历史这架大钢琴荡漾起的
清朗的心跳，他们在许多个节点跳出了时代的
最强音，有的甚或时至今日，仍然给怀旧的你
带来新婚的战栗。1965 年 1 月 25 日，在胜利村
构造上，32120 钻井队打的坨 11 井，85 米的巨厚油层
鸣潺潺之声，光临人间。胜利油田，这位冲出
地狱的巨人，以史家和艺术家独有的叙事激情
长时间书写着一座油田和一座城市的春秋

4

原油黝黑，天空辽阔，海水蔚蓝，照亮祖国繁荣之路
的诗歌，从石油开始。1966 年 1 月，朱德委员长考察
坨 11 井、营 10 井、坨一站，写下著名诗篇
《参观胜利油田》——标注着"胜利"的战报
每天都在发布，并将胜利人完全置入属于自己的
纪元中，哪怕它只是随意一个日期：
1968 年 5 月 18 日，3205 钻井队钻探的渤 2 井

获日产 13.2 吨工业油流，正式标志着一座

以 "孤" 命名的岛屿从此不再孤独，孤岛

这座天然气地质储量 47 亿立方米的油田

披着黑金铠甲，来到一个全新的世界体验幸福

那一刻，地球，祖国，工业，经济，文明

这些大词，都在轻佻的海风中，见证新鲜和厚重

的血液源源不断地流出，改变着历史的天空

二、20 世纪 70 年代

5

对，历史是用来改变的，正如霍金所说，他们大胆

前行，涉足无前人所及之处。胜利油田的铁军们

从寒武纪的深渊开始，一直到一种被黑暗孵化的

野性液体冲破地锁，被驯服，欢快地游出母体

历史就一直被改写。在胜利人披荆斩棘的各个峡口

未知的堤岸连续后撤，越来越多的纪录被阳光更新

早在 20 世纪 70 年代就闻名遐迩的 3252 钻井队，更是以它

刚硬的骨骼和意志，创造多项全国钻井新纪录……

这些标注勘探、挖掘、钻井技术的丰碑，像一台台

准确捕捉地宫星辰的射电望远镜，令深邃、多元的

地下景观，别开生面地呈现在广袤世界的白昼中

6

从采油现场穿越到寒武纪，是对石油母体的穿越
从临邑至古城济南，从河口至东营，是对母亲河
黄河的穿越。1973年5月13日，油建二部二大队
6月12日，油建一部三大队，把输油管线这根
深情动脉，成功写入黄河的谱系之内，从此
石油，这栖身在古生界亿万年的土著，如
流动部落，以流动红旗的姿态，奔腾在万众面前
它们是凯旋归队的另一支大军，同铝盔、钢缆
桅樯、海鸟一起，踏过风、潮、雾，和麇集在
暗礁上的苔藓，向祖国，向西方，向世界
一刻不停地剖释着，古老东方大国的广阔含义

7

就像海水腌过的东西总是很坚韧，被5000多年文明
浸泡过的中华民族，同样有一颗百折不挠的心
勇敢的胜利人就是这样，经过近20年的人拉肩扛
他们头顶蓝天，脚踏荒野，硬是在1978年
建起全国第二大油田。正如所有的海都是通婚的
所有的石油家族也是通婚的，它们气息相通
血脉相通，就像埋藏在龙宫里的夜明珠，一颗颗

被发现，各自闪烁着阅世之后耀眼夺目的光辉
1979 年，桩西油田被发现，紧接着利津油田
被发现……这些被发现的像巨大海蚀柱一样的井架
高举着强国富民的火炬，在渤海湾旌旗一样矗立

三、20 世纪 80 年代

8

在激情燃烧的 20 世纪 80 年代，雄起的中国气息从贫瘠的
麦地上升起，改革开放，一个划时代的中心词
每个国人眼里孕生出前所未有的，可以
燎原的星光。工人，农民，商人，知识分子
他们无一不是置身其中的追光者。对采油业的
先行者胜利人而言，则更是如此。他们在见不到
一丝光的地方开始寻找光，他们从"人们不相信
海底有石油，就像海鱼不相信有陆地"的
认知环境开始寻找光，直到黝黑的油和黝黑的鱼
共用一对鱼鳍划出海面。直到黑色和血液构成的
美学，从胜利油田，这座被誉为石油地质的
大观园中，开出万物之中最为浓郁的石油之花

9

稻田，盐田，煤田……这些温暖的词语，总让人
联想起仓库和丰收，联想起那个热火朝天的
集体生产年代。当"油"和"田"被命名为
一组语言密码，一个个宝藏的神秘面纱
就被揭开。孤东油田，渤南油田，埕岛油田
它们相继走出图腾出没的地宫……在工业基础
薄弱、石油开采技术粗浅的 20 世纪 80 年代
如何让这些来自远古的天籁，顺利滑进
现代人的耳鼓，就是一道超验难题。但胜利人
做到了，他们打通异样纷呈的地底网道，让黑暗中
流动着的呼吸，成为工业时代可以强身的主要粮食

10

如果流动的黑色是一种遁词、隐喻，是抽象化
的精灵，那么严谨的数字，就是采油树上盛生的
物象，它们明艳动人，每一枚花叶，都开启
前所未有的新纪元。1989 年 5 月 25 日，河 50 丛式井组
建成投产，一个井组版图，就有 42 口定向斜井
卫星一样交相辉映，它们是用钻头点燃的地火
是高贵的黑暗物质，是现代纪元穿越到

寒武纪的浪漫爱情。它们有着前所未有的热度

平均井深2962米，平均水平位移611.4米

平均井斜角30.55度……这些数据像活跃在黑暗中的

电解码，它们伴随海葵花，鹅卵石，贝壳，抽油机

井架，储油罐……这些自然的和人类的，助火凤凰

起飞的酵母，满载光影和梦想，在这个国度疾驰

四、20世纪90年代

11

20世纪90年代初期，胜利人对石油稳产的渴望

就像深陷雾霾之城的我们，对天空蔚蓝

和空气清新的渴望。还没来得及品味胜利斟上的

红酒，一个沉重的现实就摆在眼前：胜利油田易于

寻找的构造油藏越来越少。面对巨大的困难

取得胜利，是胜利人对"胜利"最好的诠释

冻得住的是小溪小河，谁见过被冻僵的大海

胜利人就是大海，和不冻的油层拥有相同属性

他们享受这种破冰之旅。世界上

大概找不到这样复杂的油田，类似

一个盘子掉在地上，摔得粉碎的断块油田

每一个碎片都能找出油来，这种科学

技术水平，在世界上也是了不起的。是的
胜利人做到了，他们循着形状怪异的碎片
和碎片中隐藏着的，哪怕极其模糊微小的
油分子的迹象，从地宫和大海中，从水与火的
终极碰撞中，一次次改写着黑美人们的监护权

12

爱上一座城，就不能偏离它形成之初
和成长中的每一个节点，就像此刻坐在书房中的我
爱上一座油田，爱上这些埋葬着远古生物祖先的
坟墓群，并发现那奔涌而出的黑，其实是
我们累世以来的血液，并因此爱上它的一切际遇
包括任意一页枯燥的日历，和日历上生养着的
看似同样枯燥的行业术语，它们记录着胜利人
沉潜在油田里的风暴和爱情。1992 年 6 月 12 日
我国第一座海上活动式采油平台，一号浅海
试采试验平台成功下水。1993 年 5 月 4 日
超声波电视成像测井仪在义 3-8-6 井进行的
地应力研究获得成功。1997 年 11 月 30 日
第一口单井蒸汽辅助重力泄油式水平井
完钻，创下水平位移与垂深之比 1.01 ：1 的
国内陆上水平井钻井新纪录……读到这些创造在

20世纪最后一个10年的经典纪录，就像读到一篇
曾经入选中学语文课本的关于石油的报告文学
这会让每个热爱朝阳和祖国的年轻人，热爱采油人
淬过火的人生体验，和他们站在大海上的终极美学

13

对一个女人来说，丰满的髋部，会让她的孩子
诞生得更壮实，被胜利人认准的女人，就是
有着丰满髋部的胜利油田，要进入它的伊甸园
就要透过它的隐喻和掩体，透过大海般深邃的园墙
听到来自远古的地底的心跳。但要突破这道壁垒
把触角推进到水面的苍茫之下，并不容易
只有具有魔法的章鱼，和健硕胸大肌的胜利人
才能做得到。1996年，胜利油田高速高效建成
我国第一个百万吨级的极浅海油田。1998年
34个油气田次第面世，探明石油地质储量
26.12亿吨，生产原油5.16亿吨……可以肯定
当胜利人的触角顺利抚摸到油田丰润的胴体
它的表情是骄傲的，它听懂了胜利人独一无二的
情语，并知道这情语是有颜色的，且一定是
浪漫的黑色系，因为他们拥有相同的皮肤和色阶

五、21 世纪

14

时间进入 21 世纪,世界被一个崭新的纪元
照得雪亮。穿过"你的黑发我的手"的
胜利人,已经和石油这位黑发如云的女人
度过了彼此互证的 40 年。40 年来,胜利人的钻头
这枚传递新生活的信使,以一封封浓得让人
眩晕的情书,向女人广阔的腹部致敬:
复式油气聚集(区)带理论,隐蔽油气藏理论
剩余油富集理论……这些胜利人自主创造
而又获得国家科学技术进步奖的华篇,这些
连黑暗都被折服的文字,攻克了一个又一个
世界级找油难题,由胜利探明的石油储量
连续 28 年保持在 1 亿吨以上,它们以满腹的
翰墨,向新世纪献礼,让铺陈在太平洋西岸
上空的每一片云,荡漾起石油迷人的气味

15

几乎在一夜之间,我理解水往低处流的含义
低处往往代表接纳无数宝藏的大海。水的一生

都被安排在寻宝的旅途之中，抵达大海，就能

遇到海洋深处鱼鳞一样绽开的珠光宝气

有多少片鱼鳞就有多少颗珠宝。每天都有许多人

在做着和水同样的事情，其中就有胜利人

不同的是他们需要比寻宝更深远的革命：

抵达一个壁垒森严、见不到一丝光的海底地宫

把那些被囚禁了亿万年的黑物质解救出来

让它们重返无处不在的光明。那一枚枚

纯钢铸造的钻头，是胜利人冲锋陷阵的法器

一刻不停地往海底纵深处漫溯。纵深和漫溯

两个大无畏的词语。每深一米，困难就增加一成

但胜利人有的是旺盛的勇气和纵缰驰马的精神

至 2002 年 8 月 9 日，胜利油区海上最深探井桩

海 10 井完钻，完钻井深 4806 米。2007 年 4 月 4 日

胜科 1 井井深 7026 米电测成功……从初始的一米

到十米百米千米，胜利人和他们的祖国，同步趋进

16

我把石油的黑叫作暗示，这种重金属一样的

暗示，会在人类从三维推进到四维的跋涉中

起到某种决定性作用。黑石油，这些一天比一天

漂亮的黑姑娘，在过去、现在和将来，一定会始终

活跃在世界舞台中央，跳着远古的火焰舞

它们的美无与伦比，引诱人们着迷地去分解

每一个闪动着蓝色火焰的原始舞姿和动作

并驯养它们和现代文明一同呼吸……在古老东方

渤海湾生活着的，就有这样一群着迷于研究

黑姑娘舞蹈的人，他们沉迷于这样的工作

这一坚守就是数十年。与坚守伴随而来的

是攻克、创造、应用和突破：仅2003年一年

极浅海、低渗透稠油、小断块等世界级

开发难题的攻克；鱼骨状分支水平井、水平井

分段压裂技术的创造；稠油、超稠油

开采新技术的应用；高温高盐和98％极高含水

油藏采收率大关的突破……这些一组

比一组繁复的舞蹈密码，被渤海湾这群高超的

艺术家成功破解。舞蹈的名字叫胜利

17

要说石油的骨血是黑色的，它的心肯定是红色的

要不，怎么能燃烧起吞噬掉黑暗的滔天火焰

和石油鱼水相依的胜利人更是如此，他们有着

热爱祖国和人民的赤子之心。当2008年5月12日

一个被国人永远铭记的灾难日卷来，当黑暗亮出

残暴的刀刃，这个古老国度的西部城镇

所有的美丽和喻体一起消失，汶川成为一片废墟

牧羊的孩子躺在山坡之上，和新翻开的土地一起

合上惊恐的眼睛……天地在哭泣，中华民族在哭泣

2000 公里外的胜利人在哭泣……并不富裕的他们

为地震灾区捐款 2200 多万元，7.5 万余名共产党员

交纳"特殊党费"2700 多万元……在这场无情的

灾难面前，胜利人交出了具有深厚中国血统的答卷

18

感谢我的眼睛，让我来到采油现场，看到

井架之上，在天空腹部集结的一万朵云彩

它们饱含石油体香。仿佛多看一眼，就会下一场

令现代工业文明热泪盈眶的雨水。同时让我看到的

是铝盔之下，比眼窝深亿万倍的大地的凹陷

和凹陷中填满丰满油脂的秋天……"凹陷"

一个从没有在我之前的诗歌中得到重用的词

第一次让我发现了饱满的诗意，这源于胜利人

对它的开疆拓土，源于 2013 年，在胜利油田

东部老区勘探程度最高的东营凹陷

发现第 80 个油田：青南油田（老油区发现

新油田）。胜利人总是用别开生面的叙事方式

告诉人们来自远古地宫黑暗中的生动，和真相

19

对有的石油工人来说，他职业生涯的全部长度
就是胜利油田迄今的全部长度。他们黝黑
刚毅的眼睛，是采油树上通向花园和秋天的窗口
58 年来，他们的履历，完全配得上一个诗人
为之标注的四字排比句：以国为重，以油为业
以苦为乐，以胜为命……为了多产一吨油
他们以儿女的名义，照料、礼敬每一口饱满
生活着的油井，那份虔诚，甚至使一口口
已经废弃的油井从黑暗中重生。什么是家国
情怀？这些沉睡在海底亿万年的巨大黑色方舟群
对这一古老命题给出准确答案，它们游动，集结
喷薄，燃烧……开启被赋予崭新意义的生命绝唱

后记

写完这首诗时，我正在祖国北方的某一高速公路上
奔驰，距离最近的大海 360 公里，距离东营胜利油田
1000 公里，距离胜利油田分娩的在文明中呼吸着的
石油，20 厘米，此刻，这些来自地底下的精灵

正流淌在我的汽车体内，也流动在亿万人的

汽车体内，温暖着曾经贫血的机器，和国家

早上的松林

他还有很多事情要做，他不能像有的诗人那样

总是守着浅薄的窗户，公园里豢养的松林

已经很久没有得到关注，那些每天负责把鸟声提到

林子里的叔叔——他的孩子的爷爷们，是否会在

晨光照耀下的现场，准时收割动态模糊的影子

上周三的一支唢呐和几声有气无力的哭喊

但愿与他们每个人无关，石凳上一台有着铁黑色

隐喻的收音机正在播报一则快讯，一对二战中

失散的姐妹在昨天的闪光灯下回到了快乐的青少年时期

这对这个早晨来说，远比汽车喇叭挥霍的雄激素

和割草机的凶狠更有深意，他欣喜，即将失聪的

耳朵在这一刻恢复活力：两位女性作为偏旁出现在

"姐妹"这一母体中，令他获得了为数不多的热情

孤独的母亲曾经教会他热爱所有形式的姐妹

像热爱所有形式的阳光，它们有着等同的重要性

在阳光下，所有的阴暗面都将获取即时死亡的通知

松林中正在同时抽打着三个陀螺的中年女人

虽然胸前和地上的陀螺同时享有颤动的快乐

却没有一根松针有越季降落的冲动，陀螺跑过

的场地，仍然留出一群老年的心脏所需要的质地

女人的手串

各种不同质地的圆，太阳，向日葵，苹果，美人痣

普拉西多·多明戈高音中的

休止符

一群回忆河流纵深的石头

夕阳下舞蹈的荷叶，水草和小吻鱼的嘴唇

最大字号的沙粒情书

清晨的树叶上晃动着的呼啦圈

林间牝鹿的蹄印

阳光下蜻蜓的复眼

女人出浴时

乳房上丰满的肥皂泡

浴室玻璃窗上的彩虹

在同一个小巷升起的彩虹中的少年的——眼睛

蒋胜之死

告诉你，蒋胜，上帝从来没有赋予你过人之处
出生，成长，娶妻生子，一切都那么不动声色
就像提前拟好的剧目，完整得让人心痛，直到今天
你死得有些提前，女人脸上的霜猝不及防地晕开
一群水墨画在剧目里成群结队地行走，大幕升起
百鸟调试好背景音乐，死道不孤，经幡猎猎
你删掉舌头上入世多年的台词，开始涉足新途

哀乐声在老屋颓败的床上分娩
这最后一声啼哭，沿着童年的墙根溜了出去
并在每一个脚印内续上尿液，以此来标注过往
最后又回到床上，这就是人生，一个圆
千剧一面，你也得循章办事，活着的人
谁都无法提供规避死亡的经验，人人都是胆怯的新生

你曾经放浪地把邓丽君摁在墙上

仿佛魔怔丁舌头的功能，你把每一句歌词抻长

下一个音符总是在上一个音符余音消失之后响起

你梦中抢过绣球，赤手猎虎，马踏京城

你把梦做得风生水起，可惜尘世网幛深厚

母逝妻离，弱子缠疴，黑暗在满是污渍的窗棂上散养狼蛛

打劫穿窗而过的月亮与五谷之香

众梦从月光树上齐齐跌落，世界止于你的鼻息

其实，一个时期你曾经君临天下，你的青春

让所有的庄稼开始怀孕，它们产下稗子

在南方，苹果树开满纸花，花瓣入土即遁

布谷鸟收起翅膀，在春天就已经鸣金收兵

日子从此老去，你开始忘情于《易经》的江湖

你把爻象反复拆解，像拆解儿时的翻绳游戏

整个过程尤为诡异，绳结们环环相扣

直取手指的咽喉，除了承受，你无法从中全身而退

游戏令人失望，黄土堵塞了所有咽喉的出口

蒋胜，你对旧事物是抱有十分的留恋和敬意的

俚语，长发，失眠的夜灯，扬手飞出的水漂儿

都会唤醒你合上的双眼和身枷棺椁的灵魂

你把自己种植在 8 月的土壤里，那些破土而出的

山歌，小河，砍去头颅的稻茬，寡妇的花园
是你的语言、项饰、战利品和规划幸福的版图
你渴望像一个土司一样占有它们
每天在旺盛的土地上统领朝昏，放牧影子

对影子而言，热爱她是万物的恩幸，你也不例外
你从来没有像今天这么恐惧，你想永久捉住她的脚踝
让她在你的桃花潭游泳，你固执地想把她捉住
你从小就喜欢下潭捉鱼，一个影子就是一条鱼
鱼的鳞片上贴有桃花，暧昧如旧时候的折子戏
生旦净丑，西皮二黄，每一场都是爱恨情仇
你从中能触摸到鱼鳞和桃花的质感，滑如青瓷
但就是无法捉住其一，潭里的黑暗涉世很深
鱼在黑暗里没有光，鱼鳞和桃花也没有光
它们的质感被黑暗吃掉了，这不是你的过错
在尘世，万物都是被黑暗分解和消化掉的

顿悟这一点真是不易，它减轻了你的不平和自卑
虽说布衣不同于帝王，南方之橘不同于北方之枳
但人终究是要作古的，你把作古写在石碑之上
从此挂出代表人世的印绶，不坐尘船，不问津渡
你开始领略到一个新视界的迷人与富足
比如一只蜻蜓落在水边的芦苇上，变成两只

它们勾尾相视，月亮带着诗集寻找朦胧与爱情

在众灯熄灭之后，从一个窗棂飞行到另一个窗棂

这些都是小隐者的生活，夜莺歌唱，万物喘息

地上地下，万象所及，到处都是旁观者的风景

你从此专注于荒林山野，把空间和欲望留给人世

人世虽然文风鼎盛，却没有一行文字留给你

甚至小镇的爆竹，也只是为你作礼节性的颂词

这就是人世对你的定性，人情轻薄，重不过纸

好在亲友们总是终审的负责者，他们按照风俗发送你

并且体面地装裱你的灵魂，让你在镜框里做最后的陈述

家人会定期洒扫你的新居，朋友会偶尔造访你的老屋

而你坐在镜框里幸福，笑不出框，这种情形会持续很久

直到你跻身世祖之列，这足以告慰你忧郁而年轻的死亡

蒋胜，据说那里是上帝执掌的国度，你应该适应新的属性

你素未经历过的正在发生，素未看到过的都是新鲜的

你应该学会藏起惊讶的眼神，那里没有疼痛和杀戮

没有雾霾和欺骗，百兽们头戴佛光，众花盛开于野

熏风得意，万物朝阳，冬天里的每一块草地都是春天的

在那里，连乌鸦的喉咙都不设禁区，到处是感官的盛宴

你还将自动位列星星的朝班，这个潜伏的夙愿

终于在彩云之上开花结果，从此，在若干个黑暗之夜

你虔诚而友好地看着我们，看着人世，无端发笑

一个苹果

我不是苹果，我不知道苹果是被利牙加身痛苦

还是自行烂掉痛苦，我对这种痛苦一无所知

苹果是从一边开始腐烂的，从另一边平视过去

这是一个完整、漂亮、色泽鲜艳的红富士苹果

我冲动得想像从身后捉住我的女人一样捉住它

从这一刻起我开始迷恋它曾经的完美样子

即使另一面的身体已经腐烂，我的眼睛也会把它

缝合成一个完整的红苹果，就像从篮子里

刚进到我家，就像从水果摊刚进到篮子里

就像从树上刚进到水果摊，就像刚刚在树上

它正像一个结实、骄傲的乳房一样挂在那里

我能轻易想象出它高高挂着的骄傲，这是

一个十八岁女孩的骄傲，它曾经赋予苹果园所有

为人津津乐道的爱情，直到从树上进到水果摊

从水果摊进到篮子，从篮子进到我家，从星期一

进到星期六，它已经腐烂了一半，另一半

仍将继续腐烂，我的女人会把它扔进垃圾袋

并让女儿把它和发霉的面包、干枯的玫瑰扔进

楼下的垃圾桶，我会很快忘掉它，短短六天

能让我们忘记的事物太多，即使它们曾经如此美好

记我的两位父亲：杜甫和杨列楼

我同母亲说，我有两位父亲，母亲差点急了
我又同母亲说，他是一位诗人，这回母亲没说话
因为她相信，和诗相关的事情总归美好

准确地说，他们一位是我的先父，一位是我的养父
先父叫杨列楼，1948 年出生，他被我一个人读着
养父叫杜甫，712 年出生，他被所有人读着

有几件事情必须列入我的父亲们的大事记
1976 年杨列楼建了一座茅屋，生了一个儿子
儿子茁壮地活了下来，茅屋早已被秋风所破

1982 年杜甫养了一个刚会打开课本的儿子
他建于 759 年的茅屋，至今被天下人住着

值得高兴的是，养子还继承了他的衣钵：写诗

因为养子同母亲一样相信，和诗相关的事情总归美好

石头寨和烧饼花

我喜欢的野花野草并不多，如果不是

在长江以北看到它，不是在我客居的

孔子站过的川上看到它，烧饼花

我怎么会喜欢它呢？此时它正在石头寨的

一块石头上生活，一看就是很幸福的那种

不然怎么会那么绿呢？在我十八岁之前的

老家，即使被 3 月的雨水致意过，它也没有

这么绿过。它已经开怀儿了，花宝宝

养得红红润润，白白嫩嫩，胖嘟嘟的

在我十八岁之前的老家，在我从两岁

忧伤到十八岁的眼里，我从没见过它的花

这么胖过，它虽然顶了个丰饱的名字

却也没少缺水短肥，就像我顶了个大枪的名字

却也没少被欺负一样，又挨饿又受欺负的

生物，怎么胖得起来呢？况且石头寨

遍地都是石头，况且好多石头坚硬得

可以用来刻碑，就像此时它身下的石头

上面刻着某人的名字，它的绿，它的胖

似乎因为枕着一片宁静

草地童话

那时一只太阳和一只少年是它的玩伴，作为朋友
它们在量词的应用上需要统一，它们扬起
旗帜向世界微笑，那时刀锋善良，牧羊犬站在
小伙伴友好的诗行里，羊草刻上了小资的
名字，它就在这样的时光中向妈妈学习
如何分辨豆娘和蜻蜓，它们是穿着霞帔
飞行的动物。当它从山坡走向湖边，妈妈告诉它
喝完水要走开，要让湖面上的波纹保持安静
不要像那耳喀索斯爱上自己的倒影，后来
溺水而逝。它的回忆像一位历史学家收养
失而复得的事物。而当一天早上，小伙伴的父亲
那个和蔼、晕血的理发匠，向它介绍一种
古老祭祀，选定一只羊作为向神致敬的感叹号
事后把卑微的体温从刀锋上抹去，深藏身与名
而忽略它的遭遇已经像索马里女性的割礼

成为少年青春的精神肖像，那时少年在画

一幅风景画，他仍然像羊草一样按部就班地成长

而那些消逝的蹄印，正跟踪一支稚嫩的画笔

缩小成画布上的繁星，每到夜晚，就向他眨眼

写给妻子的寓言

今夜，我要赶在太阳车驾临之前
为我的妻子，这朴素的故乡
摘下一颗，两颗，三颗，耀眼的星星
让她至今光洁无瑕的脖颈，手腕
脚踝，珠玉环绕，星光灿烂

今夜，我要赶在众鸟起床之前
为我的妻子，这朴素的故乡
清扫庭院，打开门扉，叩拜亡灵
让她第一个听到，从森林中
传来的，百鸟祈福的歌声

今夜，我要赶在露珠消失之前
为我的妻子，这朴素的故乡
写下无数首赞美诗，好让露珠里的

每一个月亮，月亮高举的头颅，原谅黑暗
因为黑暗呼唤着尘世，和美好

今夜，我要赶在所有的今夜消失之前
为我的妻子，这朴素的故乡
劈开结实的檀木，量身制作一个男人
他顶着情人的王冠，像一颗子弹
在她闺阁宁静祥和的上空，幻灭或滑行

马甲

当一座城市从我身边走过的时候

要允许我向三种以上的事物行注目礼

这样我就不会抗议它，曾经在我的

眼睛中实行各种交通管制，其中要有

一整夜亮着的路灯，要有路灯覆盖下的

垃圾桶，垃圾桶旁要有自由的捡拾垃圾的人

一些准备腐烂的事物将会被及时阻止

并被赋予另一种生活形式，但至少是活着的

一双有些旧但品相完好的粉色鞋子，会找到

大凉山的一个小女孩，让她成长中的小脚

和地面保持一厘米的尊严，一个有些褪色

但肯定没有做过任何外科手术的漂亮书包

会被及时背在又一个山区孩子身上，书包里

生长着的温暖，也许会缝好孩子人生中

所遭遇的许多裂口，当然，一定少不了一件

破了几个小洞的棉马甲，在一位孤寡老人那里

替阳光留足了深入生活的位置，而这些城市

和山村的虚构关系，将完成对一个网络名词

"马甲"的重新定义，当很多寒冷得像同一天的

冬日一个接一个来临，谁才是马甲的最终主人

在沉重的生活缝隙中握手 ——致陈小平

去见一位老诗人之前

我把满天的萧杀之气

放置在一盒香烟内

在二十四支烟如二十四方诸侯

被我们消解之后

黄金和王位隐去

一群白马留了下来

这些高贵的遗民

让我们在冬季唱着牧歌

歌词是一种更靠近上帝的

经文，由一个蜀国人

一个吴国人，以虔诚的

方言献出来，2019 年

将会得到最好的安顿

我们把 4 月 7 月 10 月

一年中最为丰满的三个月

当作厚礼，赠给对方

盟约就已达成，在岁月

行将就木的虚空里

这将是有效的，可以

多次握手的方式

然后我们，或可以迈着

简约的步子，从北方

深重的冷色调中，走出来

沙漠祭事

化石是通过时间隧道的唯一接头暗号

想要刺激生物界的兴奋

只有直接与鱼骨对话

谁是原罪的滋生者

漠野一泻千里地哭诉

让雷击把地火引燃吧

山丘　河流　恐龙的尸骸

这是对暴君的控诉

遭遇遍受诅咒的暴虐者的舞步

神祇只能旁立而泣

那尘封已久的马吃夜草的声音啊

谁在祭海台举起经幡

那些掌控生命的图谶

一如既往地肆虐在古化石的血脉之中

悬棺一样攫住你的眼睛

谁能解读这场考古

那些风沙腌制的经卷

将是一切不朽中的不朽

天河里有鱼吗

比鳄鱼残忍一千倍一万倍吧

高高在上的天河啊

那位背井离乡的新贵移民

这注定是一次穿越地表的人生苦旅

所有季节无可避免地失陷

那些仅供祭祀的生物孤本

缘附着历史渊薮的回声

千万里滚滚而来

母亲的羊群

世界上最大的羊群是金字塔，石质而白章

我没有见过金字塔，它们是国王胡夫的羊群

我的羊群在碧环村，在碧环村的半山腰上

我没有羊群，它们是一群白色的联想

我的眼睛就是它们的牧场，眼睛能看多远

牧场就有多大，我是一个如此富足的人

如果需要粮食，就可以随意卖掉其中一只

卖掉五只就能把被母亲送人的妹妹接回家来

妹妹也喜欢羊群，常常在夜晚和我数羊

我告诉她这是忘记饥饿最为有效的方程式

直到把太阳数出来，直到把羊群数回半山腰

风一吹它们就像一群满山奔跑的迷藏

它们不会跑丢，群山是它们的母亲

不像我们的母亲，多年后她养的羊走散到天边

她那长满皱纹的眼睛最远只能望到村边

它们一只在北方，一只在南方，一只在布达拉宫

一只在上海的崇明岛，还有一只在温暖的地下

再新鲜的阳光也没能救活它，它离母亲最近

母亲的羊是草质的，山外有更辽阔的草场

它们很少回碧环村，碧环村有一座

像金字塔一样坚固的大房子，一座巨大的羊圈

常年空寂，母亲是唯一一位还在亡羊补牢的人

献给混蛋的祝词

某年某月某日，一个混蛋降生。这个故事，他的母亲讲过很多次，这让叙述变得熟练又和谐。在很小的年纪，他已经学会走在柔软的田塍上分辨豆娘和蜻蜓，分辨它们的雌雄，那时他的母亲的一只眼睛在流泪，那时春天的笑声像一个反派，而她的儿子的一只眼睛看到了光，他的儿子嗅到苹果的味道是圆的，这个圆环绕他，让他的梦不再饥饿，他的儿子梦见飞机从麦地里起飞，梦见遥远城市的女列车员蓝色的制服下肉色的细条花纹的长筒袜，梦见过路的年轻女人在石榴树下小解，这样直到他长大，直到他离开碧环村那所竖立在北京以北三千公里的破旧房子，他极力为离开和绘制未来之路找到合乎情理的解释，因此多年后在亲爱的祖国的城市中轴线上建立了家庭，他找了一个讲北方话的长发的小妹妹当女人，并把三个子女当成子宫里的弹药将世界炸响，这些脆生生的响声像划过水面的石粒，让瘦小的快乐日渐葱郁，这表明他们这家子未来会有很长的路要被亲吻，会有很多鲜花在春天的音乐里噼啪作响，这一切的一切多像太阳分泌的香膏，指导他去完成对一只蜜蜂的演义，指导他用充满美德的嗡嗡声完成对一个小人物日常的演奏。当孩子们为他戴上生日的纸冠，他会像一个戴上高贵皇冠的真正的王，对世界说着和这个星球一样圆满的祝词，其实他的诗歌是另一回事的记录：让这个混蛋等死去吧

土布小镇

土布小镇连带青灰色的冬天都是一出轻喜剧

我将快乐在青石路上放逐，我像在走一段

回家的路，我的眼睛在南方的冬天里

得到合适的安放，这在陌生又偏远的异地

是多么幸运，布依族阿妹是我见过最美的绣娘

土布针脚精致、绵密，穿梭的丝线像一只只

与万物为敌的蛊，大好河山在上下翻飞

的手指上生产黄金，长脚的蝴蝶们自由进出

穿蓝色布衣的阿妈们在灵巧地忙碌，搓棉条

纺纱，排纱，穿梭，织布，刷浆，着色，碾压

然后用蓝靛浸泡，在光滑的石头上，棒槌

热爱上敲打，路过的人们像看到路易十四的

魔法师在跳舞，她们敲打河水，和游鱼，她们把

每一轮落水的圆月亮预支为土布上的花图案

小时候我见过外祖母制作土布，那是课本上

收获不到的古老智慧，与她们一样有着精湛的

手艺，它们一起成为我治愈怀旧的药引

我学会了领会事物原来的样子，我在一个

青涩又柔顺的少年身上搬动有效的词句

像一颗小雷向春天表达爱，唯独这种方式

才能让我将小镇游离的美好，真实地据为己有

黑骏马

在北方草原，我遇到了一匹黑色母马

它黑得让我倾心，这是我生平首次

如此礼遇人类之外的某个物种

它的威仪足以让它忽视所有投过去的眼神

却没有忽视一个诗人的！我为此感动

同时，揣测它的身份令我着迷，虽然许久

没有结果，不过总强于杜撰

它的真正血统，我是说，当一匹草原黑骏马

真实地存在于一个江南男人的视野中

而他又很卑微的话，就会像得到公主知遇一样

珍重它的回视。在日常生活中，还从来没有

如此高贵的眼神长久地打量我，此刻

时间在没有外力的空间点结束，我第一次

感到太阳下的某些神秘更加神秘，并为自己

和一匹黑马之间所发生的神秘而窃喜

这种氛围再一次让我回溯到"黑"这一原点上来

回溯触发了我的灵感:"黑"和"光",两种只有

天帝才能支配的高贵属性,在奈曼草原的

一匹马身上集中体现。我终于发现了马的来历

我为发现感到激动,今天过后,或许我会

选择遗忘太多的事情,但显然不包括

眼前的这位公主,尤其是后来,我看到它

奔跑起来,阵云和飓风,在它的身边集结

集结,多像楚汉时期某一场大型战争的术语

被驾驭在两千多年后一匹黑马脚下,这无疑是

马类信仰的承续,和风行草原的信仰一样

在一只手表之下，致 W R

六年了，我习惯潜伏

在一只手表之下

我的昨天、今天和明天

在它的嘀嗒声中

各得其所

昨天，这两枚好看的指针

像交警的两只手

把我从蛛网密布的道路上

解救出来

今天，没有比今天更残酷的事了

我所走着的每一段路

像导火线一样

总会在它年轻的眼角

引爆，留下伤痕

明天呢，明天或许无法预见
或许表链残损，表面皲裂，表针静止
但它环护如蛇
奢望手腕这一寸之地
打通时间隧道

它原本坚实的步子渐趋迟缓
甚至赶不上北京的日头
却是永夜得以突围的神器
让我在游击多年之后
仍然像人一样
活着

小女孩，老奶奶，和石头寨

见到小女孩时，她正在几个废弃的石猪槽里

收集她的梦想，她的梦想就是小蝌蚪

黑黑的尾巴，摆动的频率和黑夜一样祥和

她把它们聚拢到一个石槽里，石槽立刻充满母爱

像奶了一群活泼生动的小猪。她笑着说

每年春天她都这么做，奶奶在世时告诉她

这样热闹，不至于春天没有个春天的样子

不至于石头寨，就一定要像石头一样

冷森森的。女孩说这些的时候一点儿也不伤心

老奶奶已经成了石头寨的新石头，已经

成为历史的一部分，生长在这儿的石墙上

房椽上，和一草一木中，想看到就能看到

想和新石头聊天就和新石头聊天，这没什么

可伤心的。去年这个时候，我也来过石头寨

也见到了小女孩和她的老奶奶。九十多岁的

老奶奶，正在槐树下打麻将，一到和牌

槐花就像银币一样落进她们的怀里

和牌的，不和牌的，都把春天给赢了

如今，长高了的小女孩还在，槐花盛开的老槐树还在

甚至槐树下的桌椅、麻将还在，老奶奶却不在了

我原是一个爱伤感的人，但转念一想

老奶奶的牌运真好，她连这该死的疾病也赢了

一篇主题缺失的叙事

如果把梦界定为睡眠，我已经很少失眠了

我为年轻时因酒瘾、烟瘾、性瘾失眠而羞愧

我为把大好时光沉迷在这些瘾上面

而羞愧，好在我没有为此终其一生

黑夜是让这些瘾体面转型的最好契机

在我四十岁时，它们成功转型为梦瘾

我白天好好吃饭，好好和虫子分享阳光

晚上从大米和阳光里获取做梦的素材和热度

我的头枕着我的版图入睡，众梦由此滋生

它们结构完整，像形态饱满的小说

有着清晰的时间，地点，人物，和事件

我置身其中，辉煌得像一只消解阳光的萤火虫

我梦见最多的是各级领导和我握手

这时我的身份更像一位名满天下的诗人

我用红酒，祝词，撰写得体的新诗

如果需要，我还会用一万种方式回报这种礼遇

后来，我甚至梦见一位已故数十年的领导

他也同我握手，如同一位经年熟稔

一起放牛、滚月亮、上学的山村发小

在这种梦成为常态之后，我把自己的右手

当成圣物供奉起来，我什么都不让它干

包括吃饭、写诗，我只让它负责握手

这个转变，我一度把它当成性特征

隐藏起来，从不示人，直到有一天同学聚会

一位女同学五岁大的孩子在喊，天哪

怎么一桌子大人都是左撇子

狗尾巴草

在此行三千里行程的终点，我突然看到
狗尾巴草，这些多年不见的山里的兄弟
虽然之前我还看到芨芨草，地榆，裂叶蒿
野豌豆，唐松草，歪头菜，苜蓿草，还有驴蹄草
但狗尾巴草的出现，仍然让我坐怀大乱，让我
语无伦次，让草本和木本开始杂糅
狗尾巴草！半举着它们的旗帜，既不下垂，也不坚挺
只让种子跟着风飞行。我只想像个同类
抚一抚它们，并不奢望和整个草原发生反应
我眼里只有狗的尾巴在起伏，像十八岁那年
我的尾巴在起伏，其他的一切都是视觉盲点
草原也和世界其他地方一样拥挤而孤独
草拥挤到看不到草，就像人拥挤到看不见人
但我们依然能发现彼此，这是情人才有的体验
躺在它们中间，阳光亲切地阅读着我们

狗尾巴草，像月嫂的手，让我的身体温暖安静

让世界温暖安静，这一刻，世界停留在我的童年

油茶树上的光辉——缅怀汪良忠博士

某大学的一则唁电，比所有报纸上的新闻
更让人窒息，我愿意这样修饰自己的情绪
为一位"南勋感恩奖学金"的设立者，他不再
向年轻的骏马亲自颁发灼灼闪耀的奖章
他会在另一条跑道关注它们的奔跑，让满山坡
的绛紫色灯笼——那些熊熊燃烧着的油茶果
追随它们。在他很小的时候，他就像一个
虔诚的信徒对家乡遍处生长的油茶树给予
密切关注，他在古老的叶子和果实上培植
理想的脉搏，被用来记录的大写字体
色彩绚丽，像云朵的金边，像村庄里到处
升起的炊烟，他用这样的歌谱为人民和土地
歌唱，当然，还有像春天一样碧绿的祖国
他的油茶树，他的经济学的森林，他通往
理想国之路，这自谱自唱的歌把他塑造成一位

交响乐指挥家，春天和秋天在太阳的音节里

酝酿，沸腾的时空向四方延伸

那些运送过油茶果的铁轨，很多人坐过

他们用幸福的语言同相遇的人说话

在这样的轨道中，没有人相信一个长者离去

他只是携带诗集向另一个世界分享美丽的答词

渐冻人

3 月 14 日中午：世界逐渐得到霍金去世的消息

我告诉老婆，她说，一个伟大的渐冻人

12 点："大 V"转发霍金去世的消息

12 点 20 分：各大网站发布霍金去世的消息

12 点 30 分：微博营销号转发霍金生平

微信朋友圈开始转发霍金去世的消息

12 点 40 分：画手绘制霍金画像

13 点：段子手发布关于霍金的段子

13 点 30 分：纪念霍金去世视频大量发布

19 点：各地市专题播放霍金去世相关内容

23 点：世界基本忘了霍金去世的事

24 点：刚做完面膜的老婆说

不知道今年 3·15，电视台会曝光哪几款化妆品

怀念那些不让我长大的小伙伴们

和村里的小伙伴们一起玩的时候

他们总是欺负我没有爸爸

总是摁住我的头，让我蹲下来

然后，一个一个，从我的头上

跨过去，口里说着，被人跨，长不大

三十多年过去了，在许多场合

我都能听到一种深有感触的声音：

如果长不大，该多好啊。我终于明白

当年那些小伙伴们跨过头顶时的"善意"

在北盘江

在黔西南坐上一艘大船，诗歌从船的桅杆上升起

马达的轰鸣声将湛蓝的江水劈成两半

这是北盘江上最为壮美、古老的生活图

叉孢苏铁，穗花杉，伯乐树，乌桕，毛金竹

作为仪仗队已经夹岸站立了一万年

人们在船舱里喝烈性酒，船桨在燃烧

江水在燃烧，有人望着江面说，张开手臂吧

水花是一个个浪迹时空的，正在燃烧的比喻

如果我再年轻一些，我的长发会轻松地摆脱羞涩

和拘泥，我会毫不犹豫地跳上甲板，并乐意

承包面对两岸青山的美声式尖叫，直到把

过于含蓄的太阳喊下来，一个学名"肉身"

的词阻挠了这种本就迟到的欢愉：多么失败的

假设啊，不过在这里连失败都会得到宽恕

此时，江面一小片阴影在为冬天的抒情起伏不定

就如我不愿意终止修辞——挂念远在江西的

九江，它们是两个不在同一块土地上逡巡的兄弟

就像岸边的芭蕉与香蕉，过高的相似度

会让外来者为之发疯，瓦蓝瓦蓝的天空

瓦蓝瓦蓝的江面，在这里完美复制，而我望着

九江的方向，完成了这场盛大仪式的最后一部分

祖国，我要做一种发型

祖国，我要做一种发型

做一种形似公鸡的发型

和祖国的地图一样雄伟好看

我还要求儿子也去做同样的发型

儿子的儿子，儿子的孙子

孙子的儿子，孙子的孙子

他们都做同样的发型，我把发型设计好

尽管我不是设计师，我什么都不是

这并不重要，我是子子孙孙的发起人

我有权把这种发型当成传家宝

当成非物质文化遗产传承下去

由于事先没有邀请专家组进驻

设计一度陷入理论困境，但解决方法很简单

幼儿园老师说过，你最爱什么就去玩什么

毫无疑问，我最爱生养我的祖国

这从纲领上解决了所有的设计难题

于是，雄鸡的构想水到渠成地诞生了

幸福来得如此突然，我深吸了一口氧

所有的创意都在雄鸡的身体上展开

并严格按照各地的分辖面积

按照《新闻联播》里天气预报的先后顺序

来梳理打磨构成它的每一块物体

我尽量把发型数值做得更专业

务求数据精确，误差小到发丝

北京 1.641 万平方千米

黑龙江 47.3 万平方千米

吉林 18.74 万平方千米

辽宁 14.87 万平方千米

天津 1.1946 万平方千米

内蒙古 118.3 万平方千米

新疆 166.49 万平方千米

宁夏 6.64 万平方千米

青海 72.1 万平方千米

甘肃 42.59 万平方千米

陕西 20.58 万平方千米

西藏 122.84 万平方千米

四川 48.6 万平方千米

重庆 8.2402 万平方千米

贵州 17.6167 万平方千米

云南 39.41 万平方千米

山西 15.67 万平方千米

河北 18.88 万平方千米

山东 15.58 万平方千米

河南 16.7 万平方千米

安徽 14.01 万平方千米

江苏 10.72 万平方千米

上海 6340.5 平方千米

湖北 18.59 万平方千米

湖南 21.18 万平方千米

江西 16.69 万平方千米

浙江 10.55 万平方千米

福建 12.4 万平方千米

广西 23.67 万平方千米

海南 3.54 万平方千米

广东 17.97 万平方千米

香港 1106.34 平方千米

澳门 32.8 平方千米

我生怕漏掉任何一个地方

哪怕是台湾的 36192.8155 平方千米

然后配好染发剂，把头发染黑

看起来更符合龙的传人的形态

葵花帖

小时候我经常想象用向日葵填充自己的腹部

我把花盘中的果实当成身裹盔甲的兵马俑

想象自己正在逐个征服它们，太阳是它们的王

每天用黄金收买宇宙，我因此对太阳

充满鄙夷，它的黄金并没有公平地

分配到我身上，也因此鄙夷向日葵

我不能有这种丧失立场的小伙伴

一起生长于乡野，就要保持农家子弟的

纯正与朴实，很长一段时间我都觉得

没有必要到田野上去，女孩子邀请也不去

我确定自己不在这些身躯伟岸、排列整齐

方向统一的向日葵当中，彼时我的眼睛正热爱着

黑夜的黑，它让我拥有了超越光明的尊严

我比一米八的向日葵矮了五十厘米

就必须以洞察黑夜的视力超过它们五十米

我为此获得世界上许多不为人知的秘密
但这并没有让我的感官换来等量的快乐
许多年过去了，向日葵还在田野上生长
太阳还在卖弄它的黄金，而我正和孩子们
一起，拿着画笔消费它们奉献的光影和果实

租赁与幸福

地上的人，租赁阳光照亮世界

他们的幸福，是自然的

地下的人，租赁烛光照亮世界

他们的幸福，是社会的

还有一种人，他们既租不起阳光

也租不起烛光，他们的幸福，是永恒的

我没有一张和春天的合影

那时候，老师的相机是班上唯一的
相机中间有一扇明亮的小窗户
据说，世界上美丽最为集中的地方
就是这扇小窗户。它的黑色外壳
黑过孩子们书写过的所有黑板

每个孩子都想着把自己的美丽
从小窗户里种进去，然后生根，发芽
然后色彩鲜亮地走出来，这一进一出
孩子心里就有了填饱肚子之后的幸福
我也想把自己的美丽种进去
我也梦想拥有填饱肚子之后的幸福

一次去春游，老师对着孩子们和春天
摁了一个上午，孩子们像春花一样盛开

我对老师说：能帮我照一张吗

老师一边忙着捕捉美丽，一边拒绝了

另一份美丽：别照了，你又没钱取

多少年过去了，每当孩子们问起我

怎么没有一张和春天的合影

我都让孩子们把海子的"春暖花开"

抄写一百遍，以此来告诉孩子们

从那时到现在，隔着的距离

来自蚂蚁的启示

如果我看起来慈祥，那是因为我老之将至

就如现在，在暴雨来临前为一群蚂蚁让路

有兴趣从一株蓖麻上捉下一条菜青虫

作为投名状送到蚂蚁洞口，这让我有理由

观摩它们，学习它们列队、行进、集结

井然有序。这群黑色的

甲士符合无欲则刚的原则，在自然界只有

少数生物能让雷声变得空洞，让闪电变得绵软

此时我渴望成为它们，即使大雨已经像上帝

的马达一样轰隆隆地开过来，那就向上帝

开战吧，它们用高举的触须书写

战地诗篇，它们是大力神夸娥氏的后裔

在它们祖国，每一个英雄都被当成堂吉诃德

来歌颂，它们将唤醒我沉沦已久的元气

让原来的生活归零，这将是这个秋天

我所获得的最高奖赏，当最后一只蚂蚁消失在
高于一切水面的洞口，路上已经看不见任何人
瓢泼的雨水正在让地球成为我一个人的领土

稻草堆

季节已经进入冬天，远山的树木在磷火的

挑逗下，像痴情的少女一样一点就燃

在它的身边冻结着各种秋收过后的账单

像它自己，一座空虚且巨大的稻草堆

自从 10 月的某一天它就躺在这里

很多人过来为它举行入殓仪式，那是一次

体面的终结之旅，它散尽太阳在身上

兑付了数十天之久的金粒。从一段铁轨

嵌入另一段铁轨。它还是习惯于刚刚擦窗

而过的风景，那时它还以复数形式存在于

这片南方的水田中，像一群崇尚站立呼吸的

青年军，阳光是天空向它们准点推送的补给

潜伏在体内的激素得到诚意十足的开发

从起始的鲜绿到后来的金黄，所有路过的

母亲都怀揣过这样的意象，她们的丈夫会过来

摸一摸这沉甸甸的麦穗，直到它们接受
镰刀上的月光，被雕塑成眼前的干草堆
接下来通常会有些小困难，在寒风中缄默
不确定的睡眠，焚烧，锉骨扬灰，好在
还会在春天的土地上缔结婚约

春天，我没有土地好多年了

到我手里，我已经没有了土地

我不当农民好多年了

我不关心春天好多年了

我痛恨写"春色满园关不住"的诗人

我没有土地好多年了，我是个不孝的儿子

我没有土地给活着的母亲盖所房子

只能给死去的父亲准备一个盒子，又是清明节了

但愿父亲没有怪我，父亲知道，我没有土地好多年了

记不起有多少个春天我没有土地种植我的庄稼了

我只好把老婆拾掇成土地

黑灯瞎火地把庄稼种在老婆的肚子上

我的活儿干得一点都不地道

我的庄稼无视农作物的生长规律

老婆很想帮我找到曾经惯熟于心的规律

叫我趴在她的肚子上接地气

听庄稼拔节的声音，老婆说

等庄稼收场之后，你也该忙活了

给庄稼寻条出路吧

纸伞飞过窗口

我希望这是一把民国的油纸伞，我刚从一本
民国版的故书里抬起头，一场 1917 年的
雨正在伞上运动，我不知道这把伞要去到
什么地方，或者有一个什么样的人等待在
幽深的巷口，这样的讲述和伞上的
雨水一样富有文艺气息，一圈新鲜的
薄雾扮相清雅地向前移动，我已经很久
没有过这样的经历，这比成为一名诗人
还要沮丧，在它庇护下的主人会涂着哪种
风格的口红，穿着哪款令视线追随的连衣裙
精致的发夹会出现在哪一部偶像剧的配饰里
我无法错过这些想象，超过一百米我的眼睛会
徒有其表，会让每一个熟悉的人还原到
相识之初，好在雨打纸伞的声音能够奖赏
我的感知能力，奖赏我的一生都在为女人歌唱

我继续讲述是为了听清风雨在伞上和伞下

标注的不同韵脚，多年前一双粉色的凉鞋

把我留在这样的声音里，那时我们身后集结着

一望无际的水田、村庄和山峦，身前也是

只有羞涩的学生才敢把伞下的方寸之地

定义为两个人的帝国，此时窗外淅沥的天空

正在给出相同的语境，虽然没有任何事情发生

世界末日到来之前

在城市宅久了

我企图把麦地、果园、河流和诗歌统一起来

安置于时常驻足的梦境之内

随心所欲地亲近、眷恋或热爱

因为我有十足的理由害怕

死去前

无缘一见

我的 20 世纪 80 年代的春天

在我稚嫩、无趣的 20 世纪 80 年代

老师让我用花朵歌颂春天

歌颂温暖、安详、色彩和生命

我对老师说，"不"

我无法歌颂没有祖母的春天

也无法歌颂没有父亲的春天

更无法歌颂没有粮食的春天

我根本无法在这三者缺失的情况下

还能集中精力用花朵歌颂春天

花朵是多么美好的事物啊

在我的眼里只有数不清的冬蛇

在抵达春天的树枝，而不是花朵

我看见蛇舌在枝头上跳跃

像一段段猩红的点燃的引信

母亲曾说我也是一条揭竿而起的冬蛇

生下来就把春天的奶头咬得生痛

我很乐意接受这种富有诗意的比喻

也有人劝我温顺地喜欢点什么

当然，我喜欢雪花把瞳孔冻成白条鱼的感觉

还喜欢把祖母、父亲、粮食揳入梦境

为了这些梦我甚至奢望白昼变得更短暂

这让我对冬天的依赖与日俱增

因此，我每天祈祷春天不要降临

这使得很多沉迷于踏青的孩子记恨我

他们把倒春寒也算在我的头上

并恐吓要抓条蛇来陪伴我，即便这样

我仍然不会用花朵来歌颂春天

我在等待他们施以毒液，这样我就拥有

比春天更灿烂的前程，从而可以

顺利地住进迷宫一样的冬蛇的洞穴

这种结局更像我一个人的反春天的庆典

我无比憧憬那一刻自由、完美地到来

在那里，我必将遇到前世的小伙伴

他们掌管着一把开启往生之门的钥匙

咏叹调之人与自然

我是一个河官，我的体内无数红色的河流生生不息

它们由下向上、由上向下流淌，和地球上的河流

相比，它们只是多了一个心脏。我的身体上

卧着起伏的山川丘壑，没有四季更替

和地球上的川壑相比，它们是生长在

恒温箱的婴孩们，不会成为互相攻击的战壕和

寸土必争的高地，它们只是多了一个心脏

我的身体上生长着无数小草，它们热爱无华

和地球上的同类相比，从不枯萎，也不会受到欺凌

践踏，它们只是多了一个心脏。我是自己的王

我的身体是一个自由的世界，小草与世无争

山川互相爱戴，和地球上的世界相比，我拥有

它们的全部且无须付钱，因为这里只有一个心脏

我的身体上生长着一双眼睛，和地球上空的

星星相比，它们会流泪，眺望着这个星球

目睹战争，萧条，瘟疫，灾难

和像控诉一样潦草书写的坟墓，它们泪流满面

并庆幸自己还活着，因为它们只是多了一个心脏

父亲的抛物线

小时候农村实行土地承包责任制，父亲患病

下不了田地，他把木板床当成自留地

在太阳顶好的时候，母亲才像

苏醒 3 月的种子，扶他出来苏醒身体

我一直认为，父亲是被木板床榨干的

躺久了，身体干成了木板床的一部分

村里人毫不掩饰地喊他干崽

我至今不明白，为什么父亲在别人这样喊他的时候

会报以微笑，我以为他享受这种称谓

就跟着喊，谁知他突然好像强劲起来

直起身子像牛一样撵我

我边跑边停，望着这个男人——我年轻的父亲

趔趄的身姿，看着他愤怒地从路边的碎石堆上

拾起一片菜叶向我扔来，我分明能感受到
菜叶行进的加速度，不过什么也没有发生
它在离我很近的地方停了下来
这段抛物线，是父亲留给儿子最后体面的痕印
它永恒地安歇在尘世的上空，或者，它仍然在飞翔

天路纪念塔——筑路者之歌

除了天路纪念塔，我从来没有对一座塔深情地笑过

世上也没有别的塔，有这么好听的名字

谁是最可爱的人——他们的光芒随着塔身

扶摇直上，一个伟人让英雄扶摇直上九万里

高处的歌声才是最响亮的歌声——清晨我站在

青青的牧场，看到神鹰披着那霞光——黄昏

我站在高高的山冈，看那铁路修到我家乡——

那是一条神奇的天路，把高高在上的

幸福，传递给每一个过路的人，写诗的人走了

羊群在草场啃食阳光，高原古老的祝词已经

逐渐安静，没有人遗忘建设者的丰碑，路是人类

大写的名词。格尔木的 8 月没有下雨，天空并不空虚

画海的孩子

如果你是山里的孩子，我建议你画傍晚的
大海，这样你就能避开很多赶海的人
他们是海的主人，第一桶鱼和第一缕霞光都是
他们的。你不能在潮水整理得焕然一新的
沙滩上留下第一列脚印，那是用来迎接披着
婚纱的女孩们的，毕竟只有圣洁
能够象征对幸福的信仰，婚后的生活需要
这样的画面。而在海浪最为温暖的中午
你也不能同老人争抢倾听的位置，他们已经
被生活搁浅太多，同时你需要明白
这片前所未见的广袤水面和你有多么陌生
你得先从地图上找到它，然后怀揣三张车票
才能在海鸥低旋的黄昏找到这里，你惊讶于
第一次看到海平线，在你的家乡，连地平线
都被林立的山峰分割成尖利的锯齿状

其实很久以前你就把眼中的色彩体认为这样蓝

你多想像调教家鸽一样调教一片大海

现在，当渔轮驶进码头，当你支起画架

太阳就沉了下去，海天已经让黑暗接管，不过

仍然有很多事物，值得在你瘦小的画布上留下光影

额尔齐斯河上的木桥

遇到重要的事情我都会数数，我认为数数

可以让逝去的岁月复活。我在数桥身有多少根木头

由它们搭成一座桥多么幸福，桥建在伟大的

额尔齐斯河上，桥身古老的瘢痕是它通向

北冰洋的声音——天天由中纬度向高纬度狂奔

这是河流跨国恋的一种姿态

桥两侧编着纵队的

木头是河神订制的五线谱，它们在弹响

可可托海的冬不拉，就像三号矿的矿工

他们在出工和收工时融入这里，他们在为

桥下浆衣补网的女人唱让时光机停驻的曲儿

这些灿烂的场景会被老木桥上的螺钉铆定

像纽扣铆定遗忘在裙子里的爱情，这在当年是

被人津津乐道的桥段，如今被更美好的事物取代

如今是 2023 年 9 月，老木桥是一条被冻住

灵魂的美人鱼，桥上的我像一名日韩剧的编剧

着重于暴露人前和人后的秘密，只是偶尔

借助一瞬间的神往，拍每天在变老的老木桥

拍照的人和路过的人，没有一个流露悲伤的神情

青春档案

把序幕拉开

如果夜的来临

只与窗户有关

那双绣花鞋轰然落地的声响

临界了昨天以前

今晚之后

血脉和温度

我的床在海上横陈

像漂流的扁舟

无脉之孤岛

一往无前地深入夜的根部

而我的身体

仿佛灵魂的赝品

抽象　缱绻　莫名其妙

于波澜起伏的布类用品中

熨帖着裙裾一样美轮美奂的皱褶

穿过鼻翼的翕动

我看见在青春岁月里行走的脉络

阴阳调和　纵横交织

窒息与快感

诱我溯源而上

当眼睛从层层包裹的被褥间苏醒

向刚刚消散的睡眠寻找余温

那种靡靡刻骨之感

像蛇蜕一样

洇在松开的掌心

有点热　有点潮　有点腥

遥远的乡村插图

每一颗星星底下都有一个孩子，和他对应的
星星在碧环村，那里月亮与乳房都白得古老
但他至今没有看过比格斯·鲁纳导演的
电影《乳房与月亮》，那时他的父亲
病入膏肓，全身白得像空气，但不影响
教导孩子尊敬打手语的人，那里没有裁缝店
蔬菜屋，人力车夫，甘蔗汁小贩，除了
完美的天空和田野，大自然帝国干得有多漂亮
春去花还在，人来鸟不惊，那时碧环村
是星球上杰出的大教堂，他和各种肤色的
种子们从小就皈依于此，他想远行，脚掌是
他的上帝，他想安慰眼睛，光明是他的上帝
他想完成一首诗，蜂房是他的上帝——
在神的眼里，乡村仁厚，这些发现
令他饱含热泪，它们让一个空荡荡的胃发出

好听的回声，超过望着邻居漂亮的小姐妹对着镜子吃肉

但他并不羞愧，他征用碧环村澄净的修辞

构建起另一种财富：春风如贵客，一到便繁华